大美中国——

最美的风景在路上

陈振林 ◎ 著

三环出版社
SANHUAN PUBLISHING HOUSE

图书在版编目（CIP）数据

最美的风景在路上 / 陈振林著 . — 海口：三环出
版社（海南）有限公司，2024.9. --（大美中国）.
ISBN 978-7-80773-280-8

Ⅰ. I267

中国国家版本馆 CIP 数据核字第 2024EQ7320 号

大美中国　最美的风景在路上

DAMEI ZHONGGUO　ZUI MEI DE FENGJING ZAI LUSHANG

著　　者	陈振林
责任编辑	符向明
责任校对	孙雨欣
装帧设计	吕宜昌
出版发行	三环出版社（海口市金盘开发区建设三横路 2 号）
	邮　　编　570216　邮　　箱　sanhuanbook@163.com
社　　长	王景霞　　总 编 辑　张秋林
印刷装订	三河市同力彩印有限公司
书　　号	ISBN 978-7-80773-280-8
印　　张	13
字　　数	150 千字
版　　次	2024 年 9 月第 1 版
印　　次	2024 年 9 月第 1 次印刷
开　　本	690 mm × 960 mm　　1/16
定　　价	68.00 元

自 序

旅行人生

这是 20 多年前的一件事。

记得是一次放假，刚分配工作的我想要做一次短距离旅行。同办公室的老乐很是赞同，说："我也算一个。"老乐 40 多岁了，我和他是忘年交哩。我心里也挺乐意，毕竟多了个伴嘛。

出游的目的地选在我们这儿平原地区海拔最高的杨林山，不远，大概游人也不会很多。我不大喜欢赶场子凑热闹地去下三峡游九寨。

我们约好早晨 6 点一同搭公共汽车前往。我赶到车站时，老乐已经等候多时。他拿着个相机，戴顶太阳帽，倒挺自在的。

"你的背包呢？"我忙问。

"要啥背包？"他望着我滚圆的大旅行包，笑着说。我也笑了，心想：怕是要和我共同享用我"精良的装备"吧。

一路搭车乘船，我除了花费几张人民币，好像什么东西也没派上用场，即便是晕车晕船药。到了杨林山，和游人们一样，我们也赶着上山。走了不到一里路，我就感觉到肩头的背包是多么的沉重；而老乐，拿着个相机，一会儿这里取景，一会儿那里拍照，乐个不停。我开始抱怨自己为什么要带这么多东西。露宿帐篷根本用不上，因为气候不适宜，况且这里的旅店好找，也便宜。那几本书也太沉了，大概有10斤，也是，外出游玩还带什么书？换洗衣服竟带了两套，这是时装表演吗？牙膏、牙刷、毛巾、肥皂，人家旅社里早备好了，价格也不贵。零食竟然也带了两大袋。还有绳索、刀具、指南针，哪里用得上呀？

我向老乐求助，老乐早已走到前头。好容易叫住了吧，他给我的狼狈样拍了张照，丢下了一句话："自己想办法处理吧。"看来，我只得想办法处理一下我"精良的装备"了。为了轻便，帐篷我折价卖给了一个小店店主，附赠绳索、刀具、指南针。几本书，我先是丢，后来干脆送给了一个游玩的中学生。牙膏、肥皂等和衣物，连同大袋子送给了一个捡破烂的老头。最后，只留下了一点零食，这是我马上要"解决"的。整个处理过程，我倒像一个没落的小商人。我觉得，我这哪里是在游玩？

好不容易"丢盔弃甲"完毕，以后的路，走得轻松，无拘无束，玩得也愉快。

如今过去了20多年。我已是主任科员，而老乐除了年龄增加了20多岁，什么也没变，临到退休时还是个小科员。但是，他成天快乐着，尽管面临着老婆下岗、儿子待业、女儿考大学没考上等问题。我却总感到很累，成天应付公务，总想着自己的工作做得怎么样，会不会被提拔，怎么样赚更多的钞票，怎么样玩得潇洒。我很累，我想到要问一问老乐。老乐没有说话，拿出了那次出游时他曾经给我拍的照片——我背着个大大的旅行包，脸上写满了无可奈何。

我懂了。

人生啊，就是一次旅行，你的旅行包里装的东西越多，你就越会感到累。很多的时候，你想摘取离你很远的那颗星，你就会活得更累。顺其自然，其实就是一种真实，一种快乐，一种真正的生活。

最美的风景
在路上
Contents

目录

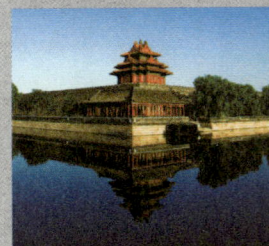

桃花未开正看时

　　正是三月初三，草长莺飞柳绿花繁的时节，接连 10 多天的阴雨也离去了。惠风和畅，天朗气清。

　　友人建来电话说："看桃花去！"

　　如此良时，我正想寻个去处，这下正合吾意。挂了手机，叫上正在忙碌的妻，欣然同往。

　　我们的目的地是邻市的桃花山，身边的不少朋友，每年都会去那儿看一看那看了还想看的桃花。但我一次也没有去过。车程并不远，还在车上的我就开始想象那美丽的桃花。那肯定是一幅天下最美的桃花图：漫山遍野的桃花，或粉红或洁白，应该有"满树和娇烂漫红，万枝丹彩灼春融"的热闹；络绎不绝的游客，应该也是满脸的粉红或全身的洁白；当然还有那桃花山的人们，"阡陌交通，鸡犬相闻……黄发垂髫，并怡然自乐"，应该是陶渊明笔下的桃源景象了。

　　司机对路不熟，一路问去，路边总有人相答："不远了，就到桃花山了。"看着他们一张张朴素的脸，我们觉得，真是到了桃花源了。果然到了，就又问："哪里进山啊？"照样是一个桃花一样的声音："到处都可以进山的。"

　　我们先来到"仙人洞"入口。身边有三三两两的游客，也

准备登山。远远望去，没有想象中的粉红或洁白，只有或青或绿的一大块。"应该是隔得远了吧。"建的妻子说。我们满怀着心中的桃花，努力地向山上爬。路是逼仄的小路，偶尔有几块石板铺着，如果不小心，还会滚下山去。我们一步步地向上爬，同来的孩子们就不同了，他们一路向上小跑着，只有满心的快乐。他们说，爬到"仙人洞"了，就会有鲜艳的桃花了。山路两旁，分明有一棵又一棵的桃树，可是分明没有一朵儿桃花。我和妻细细地看着那一棵又一棵桃树。

"这桃花，为什么还不开呢？"妻说。

"想看桃花啊，来早了。"一同登山的中年游客说，"今年的春天来得迟，桃花当然开得迟了。"

我们一同来的人就叹气了："要是迟几天来就好了，那我们可以看见满山的桃花了。"

"未开的桃花也能看啊。"中年游客说，"你们看看，这含苞的桃花，细细枝条上突起的一颗小精灵，正孕育着一个美丽的生命哩。这座山，整座山都孕育着无数个生命哩。还有，这空气，多新鲜；这树木，多青翠。说给你们听听，我就是来看看这未开的桃花的。"听了这话，我想起袁枚先生说"残红尚有三千树，不及初开一朵鲜"，这也是同样的道理吧。

我们就细细地看那桃枝，青黑，细长，枝条上生长着无数个小突起，不，生长着无数个小生命。轻轻地抚着桃枝，凑近，轻轻地闻闻，满鼻的芬芳。

继续向上爬着，这青翠的芬芳越来越浓，我们的脚步也越来越快。到了"仙人洞"，早到的孩子们就向我诉苦："你看看，一朵桃花也没有，我们白爬了啊。"我对着孩子们笑："过几天我们再来，那桃花不就开了吗？"孩子们就又高兴起来。

仙人洞里供着两尊菩萨，我们虔诚地拜了拜，然后小心地下山了。

山下有新建的农庄，朴素的山民朴素地在家中做点小生意。我们点菜，土鸡、山笋、野芹、香菇……全是正宗的土菜。山民在他自家的厨房里开始忙起来，我们在他家自由地看看电视，玩玩扑克，倒真有一种家的味道了。

路过桃花山革命烈士陵园，我们怀着崇敬的心情瞻仰了一会儿。

"快看，桃花！"一个小孩的声音喊。果然，不远的"红色大本营"前，有两株正在开放的桃花，鲜艳夺目。我们的脚步就加快了。走近，我们都哈哈大笑，原来，是两株人工的塑料桃花。看来，是我们满心的希望与想象，欺骗了我们自己啊。

桃花旁有贺龙元帅和他战马的大雕像，喜欢拍照的孩子们又开始忙个不停了。

更让我们惊奇的是山上的竹子了。一根连着一根，有时三五根抱成团，匍匐而前。我们就继续向山上走，可是，哪里走得到尽头哟。这是一片竹海！满眼都是竹子，竹节，竹叶，还有竹根。满眼都是绿色，但一点儿也不刺你的眼。我们的心情，也成了绿色，翡翠一般。在这样的竹海里，拍下的每一张照片都是最美丽的。

依依不舍地下山，我们正准备往回赶。一旁的山民说："还有龙泉寺哩，还有龙泉寺你们没有看哩。"我们就又驱车前往。龙泉寺在山脚下，虽然历经战火，却仍然保存完整。寺的规模不算大，不像云南的大寺庙有着恢宏的气势，也不像我们老家的祖师庙终日香火不绝，但这里的龙泉寺就是那么古朴地安静地卧在桃花山脚下，没有张扬，没有喧闹。早听人说，龙泉寺的住持道行很深。有人建议说，我们去拜会拜会住持吧。寺庙有位居士说"此时不在"，我就摆了摆手，说："不用了。"寺里的一尊尊佛像、一副副对联告诉我们，这座龙泉寺本身就是一位智者，是一位得道的高僧啊。

回家的车上，我们就逗同来的孩子们："你们今天看到桃花了吧？"

"没有没有，我们下次来就看到盛开的桃花了。"还只有六岁的小小说。

"看到了桃花啊，我们看到了未开的桃花。"妻说。

　　是的啊，我们看到了未开的桃花，我们也会看到盛开的桃
花。孔子所倡"冠者五六人，童子六七人，浴乎沂，风乎舞雩，
咏而归"之快乐不正如此？真正的桃花开与不开，那是你心中
的花事。有时候，一株鲜艳的桃花，会在心中经久不息地绽
放哩。

处处皆景神农架

　　还在幼时，就听说过神农架的野人，知道了神农架是个神秘莫测的地方。一直想着去看看。

　　2013 年 8 月，暑假快要结束的时候，好友杰、建几个一说，包了辆车，就向神农架出发了。杰有十多年的开车经验，司机当然是他了。14 日下午出发，上高速，经潜江市，过荆州，近宜昌时向兴山县方向转弯。车上大人小孩 11 人，一路笑谈，于当晚10 时到达兴山县高岚镇。

这是我们到神农架的序曲——朝天吼漂流。

朝天吼漂流辖夏阳河和孔子河，从东、北两端起漂，殊途同归于两河交汇处的朝天吼。夏阳河段，全长6.5千米，落差高达148米，漂流途经卧佛山、八缎锦、将军柱、红山笋等景观，急流处，乱石穿空、跌宕起伏、惊险绝伦；孔子河段，全长4.5公里，落差78米，沿途可观太公钓鱼、孔雀岭、骆驼峰、昭君石等景观，全程水质清澈、古朴原始、风光秀美！夏阳河桀骜难驯，孔雀河温柔多情，两条河流刚柔并济，构成漂流绝唱。

知道这些天到朝天吼漂流的人非常多，我们就先一天晚上驻扎到了这儿。怀揣着兴奋的心情，和小店老板随意地攀谈着。等到倦了，倒在床上就睡。这里的天气不像我们江汉平原，炎热，晚上不开空调是睡不好的。但一到兴山县，就满面的凉风扑来。晚上，当然是一个好觉了。天上的星很多，明天又是个好天气。

第二天我们起得早，就跑到小店对面的漂流接待中心去探听情况。已经有人到达了，和我们一样，等着上漂流船。其实是不用急的，不到上午10点钟，是不能开始漂流的，因为河水有点冷。慢慢地吃过早餐，让小店店主帮着买好票，然后，由他带着我们的杰师傅将车开到漂流的终点。

终于开始漂流了。接过工作人员递过来的安全衣帽，一穿上去，觉得自己是个全副武装出师的将军了。我和建的女儿燕子分在一条漂流船上，小孩子有些淘气，我于是一个劲儿地让她将抓手抓好。一上船，就是一阵兴奋。鞋裤早已换成专用的，是不用怕溅水的。路过唯一的拍照点，不少人忙着摆好自己的POSE，留下属于自己的纪念。漂流船只顺着水流，你不用费力地划，只管尽情地享受这自然带给你的快乐。漂了几十米，水流得急了，这时手就抓得更紧了。哪知，船舱里全进了水。我们担心着，怕这船会沉下去。河边有民工拿着水瓢在出售，我们赶快买了两只。我们拼命地用水瓢将船中的水向外舀，可是总也舀不完。停下来，一看，也没什么，即使是船中有满满的一舱水，这船也是不会沉的。我在心里暗自笑那些出售水瓢的人，原来这是在忽悠我们哩。

水流平缓的时候，我们就躺在船上，晒着太阳，偶尔也和熟识不熟识的人用水瓢打打水战。等到水流湍急的时候，这时一下也不能放松了，手不能松，心也紧绷着，生怕自己掉进河里。我们就亲眼看到有人掉进了河里，但河水一点也不深。虽掉进了河里，人却哈哈大笑。我问同船的燕子："刺激不？"她只是笑："不行，一点也不刺激。"小孩子是不能开玩笑的。又到了一处险滩，我叫着"燕子，小心！"，话音没落，她的手松了，掉进了河里。一旁的工作人员忙将她抓了上来。我又问："刺激不？""不刺激。我还想再漂流一次。"她仍只是笑。这孩子，胆子大着呢。

　　或惊险或惬意，一个多小时后，我们上了岸，换下了湿透的衣裤。上了车，一路向神农架进发。

　　一路大多是高山，这是考验我们杰师傅的驾驶技术的时候了。我们担心着，他却只是说笑，看来他的驾驶技术真可谓游刃有余了。行了两个多小时，车上的孩子们总是问："杰叔叔，神农架到了没？神农架到了没？"杰师傅笑了："你们说说看，到了没？"我想了想，神农架当然到了啊。这一路的山一路的水，不就是神农架的风景吗？

神农架一路都是风景。遇到好停车的时候，杰师傅就将车停了，我们下车去看风景，偶尔也拍拍照片。

下午 5 点，我们到达神农架木鱼镇。这里是到达神农架各景区的中心地带，我们住进了一家中档宾馆。

我们慢慢地了解神农架。

神农架山峰多在 1500 米以上，其中海拔 3000 米以上的山峰有 6 座，海拔 2500 米以上的山峰有 20 多座，最高峰神农顶海拔 3105.4 米，成为华中第一峰，神农架因此有"华中屋脊"之称。"山脚盛夏山岭春，山麓艳秋山顶冰，赤橙黄绿看不尽，春夏秋冬最难分"是林区气候的真实写照。这里拥有当今世界北半球中纬度内陆地区唯一保存完好的亚热带森林生态系统。境内森林覆盖率 88%，保护区内达 96%。这里保留了珙桐、鹅掌楸、连香树等大量珍贵古老孑遗植物。神农架成为世界同纬度地区的一块绿色宝地，对于森林生态学研究具有全球性意义。神农架还有许多神奇的地质奇观。

　　神农架是最好的亚热带森林生态系统，是最富特色的垄断性的世界级旅游资源，动植物区系成分丰富多彩，古老、特有而且珍稀。苍劲挺拔的冷杉、古朴郁香的岩柏、雍容华贵的桫椤、风度翩翩的珙桐、独占一方的铁坚杉，枝繁叶

茂，遮天蔽日；金丝猴、白熊、苏门羚、大鲵以及白鹳、白鹤、金雕等走兽飞禽出没草丛，翔于林间。一切是那样地和谐宁静，自在安详。这里还有着优美而古老的传说和古朴而神秘的民风民俗，人与自然共同构成中国的高山原始生态文化圈。神农氏尝草采药的传说、"野人"之谜、汉民族神话史诗《黑暗传》、川鄂古盐道、土家婚俗、山乡情韵都具有令人神往的诱惑力。红坪峡谷、关门河峡谷、夹道河峡谷、野马河峡谷雄伟壮观；阴峪河、沿渡河、香溪河、大九湖风光绮丽；万燕栖息的燕子洞、时冷时热的冷热洞、盛夏冰封的冰洞、一天三潮的潮水洞、雷响出鱼的鱼洞令人叫绝；流泉飞瀑、云海佛光皆为大观。

景点很多，因杰师傅后天有事，供我们游玩的时间只有明天一天。我们只有细细计划，让我们明天的行程丰富而更有意义。

因天色尚早，有人提议说到小景点去看看，大伙欣然同意。

先来到官门山景点，这其实是个科考的基地，我们在门外看了看，领略到了神农架之魅力，就往回走。有人说到神农顶，但杰师傅说，神农顶他去过，只是个人头的模型，没有多大看头，再说小孩子多了也不好行动。

我想起来了。神农顶神农祭坛，其实是个神圣的地方。不能去，那只能遥望膜拜了。查了查资料，知道了那儿大体的情状。祭坛内神农塑像高大雄伟，庄严肃穆，双目微闭，似乎在洞察世间万物。它以大地为身躯，头像高 21 米，象征中华民族在 21 世纪蒸蒸日上，宽 35 米，与它的高加起来共 56 米，象征着 56 个民族的大团结。神农氏在传说中是牛首人身，实际上牛角是古代农耕部落的图腾。中间草坪和两旁的墀阶具有我国皇家建筑风格。我国古代称单数为阳数、双数为阴数，"九"是阳数之首，

与汉字的"久"同音，有天长地久之意，故两边墀阶全是 9 的倍数。每边的墀阶有 243 步，从下往上分解开来为 9 步、72 步、63 步、54 步、45 步。墀阶下面是祭坛，置有九鼎八簋和香炉，每位炎黄子孙即可在此祭拜先祖，祈求庇佑。

我们的车子开向香溪源。

香溪源是长江的支流，《兴山县志》载："昭君临水而居，恒于溪中浣手，溪水尽香""香溪水味甚美，常清浊相间，作碧腻色，两岸多香草"，故名"香溪"。香溪源即香溪河的发源地，它北距木鱼镇约 5 公里，著名诗人徐迟曾于此亲书"香溪源"三个大字。相传这里曾是炎帝神农氏当年采药时的洗药池。又相传王昭君在出塞和亲之前，曾回故乡省亲，她路过溪边，在溪流中洗脸时，将一串珍珠失落其中，从此，溪水一年四季清澈见底，芳香扑鼻，故名香溪。池水尽得百草之精华，尽融神农之精神，故渴饮香溪水不仅能使人貌美如昭君，更能使人崇高如屈原。香溪源头，奇峰竞秀，林海深处，云游雾绕。林间野花竞放，山中溪河纵横。这幽谷清溪、香花遍野的灵秀之地，是溪水终年飘香的真正原因。有人用四句话总结说：碧水源流长，神农百草房，佳人传美名，香溪水更香。

在香溪源停留了半小时，我们的车子继续向山上爬行，一直到神农架游客集散中心。傍晚的阳光照在神农架的每一座山，觉得每一座山都是神秘的，觉得那儿似乎就会有野人出没。

这时没有多少人，我们看了看那儿一个大大的酒壶，知道神农架真的有大酒壶。

可是，这不是真正的神农架的大九湖。这只是个诱饵罢了。

品尝完野生松子，吃了野生的山菌，我们和导游联系。明天，向大九湖进军。

沿途的景点很多，有小龙潭、大龙潭、金猴岭、神农谷、瞭望塔、板壁岩、迷人谷、风景垭。我们到据说是金猴岭的地方看了几个关在笼子里的金丝猴，然后去了神龙谷。

神农谷太美丽了。她不是仙女，但她令你神往。站在这儿，就像在画中游览一般，如雾如梦，似景似画。游客们忙不迭地在这儿留影，相识不相识的，居然也会合个影呢。

然后，我们为了节省时间，直接向大九湖进发。

大九湖位于渝鄂交界处，是一片沼泽地——山涧盆地，是亚高山的一片湿地。湿地南北长约 15 公里，东西宽约 3 公里，中间是一抹 17 平方公里的平川，四周高山重围，在"抬头见高山，地无三尺平"的神农架群山之中，深藏着这样的处女平地极为少见，大九湖因其享有"高山平原"的美誉，并被称为湖北的"呼伦贝尔""神农江南"，大九湖湿地公园总面积 3 万亩，海拔 1700 米，园内共分布有高等植物 141 科 366 属 964 种（含变种及栽培种），其中国家重点保护植物共 5 种，国家珍贵树种 3 种，苔藓

植物 13 科 18 种。这里原来是一个高山湖泊,人是无法进入的,深深的沼泽足可以把人吞没。在 20 世纪 70 年代,政府为开发利用大九湖,发展畜牧业,修建了一条蜿蜒曲折的人工河,把四处漫溢的湖水都汇集起来,形成一条河,叫黑水河,沼泽地逐渐控干,露出了湖底子,形成了今天的牧场。

大九湖有传说。大九湖最有趣的是扎向平川的山头,看似九座山峰,实则酷似九条苍龙在争饮甘醇,龙头、龙须、龙身、龙尾无不形象逼真、活灵活现。民间传说那是倒拖在湖中的九条牛尾,山头恰似牛腿、牛屁股哩。时下仍流传着"四川过来九条牛,走到九湖未回头,何时识得其中味,不出天子出诸侯"的歌

谣。据传九龙争饮源自神农氏采药酿的酒时，全喝醉了，整个身子醉卧在这里受日月之精华，化作了"四周山纵横，中间一地坪，绿树满坡生，水接天坑渗"的神妙景观。而九牛之说却又印证着"薛刚反唐"的故事，唐中宗被母后武则天贬为房州卢陵王，他做梦都想重登帝位。李显一日在梦中得神农老祖点化，特命薛刚为帅，在大九湖屯兵、练兵，一举推翻武周王朝，恢复了唐号，而李显也再次登上了皇帝的宝座。大九湖因自承袭下来1～9个字号及帅字号（亦称"挂字号"）、卸甲套、马鞍山、黑水河、九灯河、碉堡坪等十几个村落，至今还保留着娘娘坟、点将台、小营盘、擂鼓台、鸾英寨、八王寨、古盐道等历史遗迹。没想到如今安静悠闲如世外桃源般的大九湖，却也有过烽火连天，号角激荡的岁月，只不过旌旗湮没，风烟散尽，留下些神话般的传说罢了。

还有个传说。古时候，大九湖是一个大湖泊。天上的仙女常常从南天门下凡到湖里洗澡，又驾着白云偷偷地回到天庭。后来，大九湖被九条恶龙霸占，他们相互争夺，把湖水搅成了一团泥浆，腥气冲天。从此，仙女们再也不敢来洗澡，周围三省九县的百姓不得安生。当时，九龙湖边住着一位年轻的猎人，他听人说，要杀死巨龙需用神农的斩龙剑。于是，他就到木城去向神农借剑。他在神农顶找啊找，不一会竟睡着了，在睡意蒙眬中，他梦见一位白发老翁对他说："这些孽龙，都是山中巨蟒，久炼得道，霸占着九湖这个仙池，应该把他们全都斩了！"说完递给他一把寒气逼人的宝剑。年轻人拿了剑，马上跳下湖，一连杀了八条巨龙，把湖水都染红了。最后，只剩下一条火龙，十分凶恶。正在危急时刻，白发老翁驾着白云来了，还带着上千个怪人。只见白发老翁把袍袖一展，那些怪人便飞身下湖，没几个回合，就把火龙砍成数截扔在湖边，湖边就围起了几座石山，后来人们叫它"九道梁"。原来，那个白发老翁就是神农，那些怪人就是他手下的武士。后来，斩龙剑变成了现在的石剑峰，武士们变成了"将军岩""刀枪岩"。至今，在大九湖边还可以看到南天门下、巴东垭上，有无数千奇百怪的石林，它们就是被斩断的巨龙的

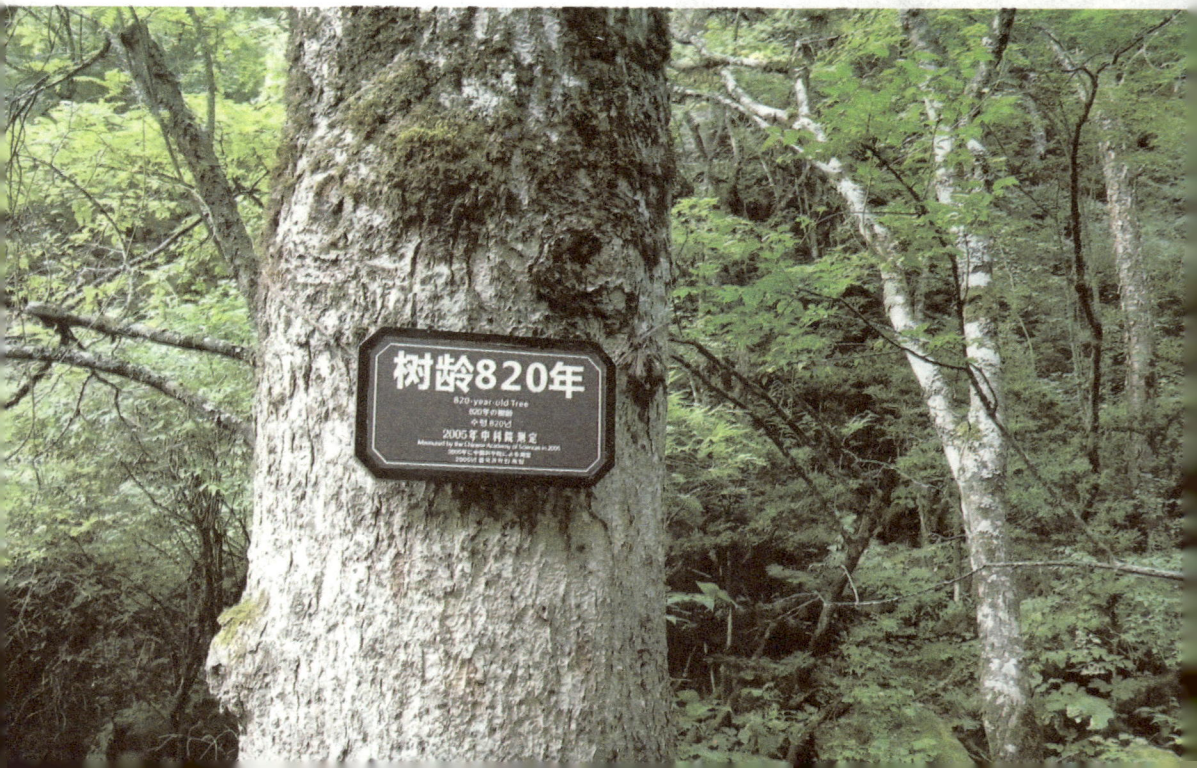

尸骨。

在导游的带领下，我们围着大九湖走了一圈。或坐或卧，时笑时叫。逗大水牛，摘幸运草。年龄较小的小朋友小小也不觉得累，我们倒觉得累了。导游说："这还只是一小部分哩。"我们发出了长长的惊叹。嘿，来了个野人，还有个美女，和我们拍照合影纪念。那野人，当然是人扮演的了。

回到车上，漂流受伤的建还在车上无聊地等着我们。我们往回走。下一站，我们要到神往的原始森林。导游说有两处原始森林可以让游客进入。到了第一处，我们觉得不"原始"不过瘾，导游又将我们引到了另一处。同游的 11 人，在这儿合影留念。

原始森林群落，有着原始的自然风貌和古老珍稀的动植物种类、给人以神秘之感。置身于原始森林，林内古木参天，盘根错

节，藤萝萦绕，厚苔铺地。加上兽鸣鸟啼，更显得幽深古奥，夏天到这里观光躺在软绵绵的草甸下，仰望蓝天白云，聆听阵阵林涛，别有一番情趣。

就要走上返程的路了，导游对我们说着挽留的话语。其实，我们也想着在这儿多逗留几天，多多感受神农架的美丽。可是，我们的杰师傅，家中已是有太多的事等着他去完成了。

连夜踏上了回家的路，孩子们睡着了。我们却没有倦意，有一句没一句地说着话。上了高速公路，杰师傅强打着精神，我们又只得让他休息休息再休息，因为，安全是最最重要的。有好几次，杰师傅就要睡觉，于是自个儿唱起了男高音，他的歌声，当然也有歌手的范儿啦。

2013年8月17日凌晨3时许，我们回到了自己温馨的家。虽然只有短短的三天，神农架之旅，却给我们留下了深刻的印象。

神农架，美丽神秘的神农架，处处皆美景的神农架，永远萦绕在我们的心间。

荷花十里桂三秋

我一直做着一个梦，一个与西湖相关的梦。

那梦里，有着美丽如西子的西湖，"接天莲叶无穷碧，映日荷花别样红"。这西湖的莲叶中，是有着和莲花一样秀美的少女的。梦里当然有故事，白娘子和小青，她们是美丽的女子，不是蛇精。梦里还有传奇，西湖边的民族英雄岳飞，灵隐寺里可爱的济公……

终于，我寻着了机会，我要去一趟杭州了。

朋友相邀，我在清明小长假欣然前往。

欲把西湖比西子

到杭州不看西湖，那当然算你没来杭州。这话不知是否有人说过我不知道，但肯定是我的第一感觉。

"清明时节雨纷纷"，风流才子杜牧播报了几千年的天气预报。当晚我一入住汉庭酒店，就查看了天气。这几天杭州都会有雨，可能还会有雷阵雨。经过仔细分析，我觉得第一天的天气要好，应该不会有大雨。那这一天，我就将我自己交给西湖了。

果然，这一天早上，天阴着，但没有雨。我带好相机，轻装前行。我赶到西湖边时，湖边已全是人了。远望西湖，碧波荡漾，像块极其巨大的黑蓝宝石，宝石中央有些斑点，那是湖心的岛。走近西湖，感受她的曼妙。

早听说过西湖的"十景"：平湖秋月、苏堤春晓、断桥残雪、雷峰夕照、南屏晚钟、曲苑风荷、花港观鱼、柳浪闻莺、三潭印月、两峰插云。后来这"十景"的名目也有过变化，但在每一个游人的眼里，当然只认同这最初的"十景"的。

我想着，要将这"十景"全都看到。看不了"十景"，我也要见识一下"一山"（孤山）、"二塔"（雷峰塔、保俶塔）、"三岛"（小瀛洲、湖心亭、阮公墩）、"三堤"（白堤、苏堤、杨公堤）的风景啊。

随着一拨一拨的人流，在西湖边我一直在寻找着西湖的美。

湖边，林木苍翠，郁郁葱葱，点缀着些或红或白或紫的花儿，不绚烂，给人一种最纯朴的美丽。

走过白堤，这是因大诗人白居易而命名的风景。我不由吟诵起他的名句"最爱湖东行不足，绿杨阴里白沙堤"。白堤上，遍是绿杨，迎风招展，叶儿嫩嫩地。只是，看不见那争暖树的早莺，也不见那啄春泥的新燕。湖边有白居易的铜像，我走过去，拉过他的手，和他留影。白大诗人，应该会给我一点文字的灵气吧。走在白堤上，我俨然成了大才子白居易，不时在读着诗，有时出声，有时默念。

没有阳光，有风，偶尔有雨水降落。这情景，我知道到了断桥了。"断桥相会"，我知道这是一场美丽爱情中的感人情节。一边的情侣们纷纷合影，希望着，每天的日子里，天天是"断桥"，天天有着属于自己的幸福。

走完白堤，开始下雨了。路边有司机在叫："到雷峰塔去啊，十元一位。"禁不住诱惑，也为了躲雨，我上了车。车过杨公堤，我只能在车上观车外的雨景了。约十多分钟，我们下车。雨停了，说"走上几分钟"，就到了雷峰塔。我随意地走着，一路的美景太迷人。有花，有鸟，有鱼。鸟在叫，鱼在游，花在笑。我随手拍着照片，每一张照片都很美。有导游说："这就是著名的花港观鱼啊。"我恍然大悟，惊喜不已。

可是，这时候，我走丢了雷峰塔了。问了几个人，也不知道方向。我只得沿着西湖继续向前走。

又是一堤，苏堤到了。对东坡先生，我向来是当作偶像崇敬。这个豁达胸襟的男人，其为诗为人，皆可称道。在我心中，是超过了诗仙李白的。南宋咸淳《临安志》卷三十三记载了苏堤形成的经过："元祐中，东坡既奏开浚湖水，因以所积葑草筑为长堤，起南讫北，横跨湖面，绵亘数里，夹道杂植花柳，中为六桥，行者便之……后十年郡守吕惠卿奏毁之。咸淳五年，朝廷给钱命守臣说友增筑。……高二丈，袤七百五十丈，广皆六十尺，堤旧有亭九，亦治新之，仍补植花木数百本。"清《湖山便览》卷三也记："国朝雍正二年与白沙堤同时修筑，五年同植花木。"一路树木茂盛，花木繁多，比起白堤，苏堤又多了些味道。树上时时有松鼠，在游人的眼前跳来跳去。天气也好起来了，偶尔有阳光照射，暖暖地。

走了近一小时了，人虽不觉得累，但是，我要看的景点却没能看到。"曲院荷风"，还没有到六月，有风无荷，景色也没能见到，只看到残存的几许荷梗立在水中。那"三潭印月"，得坐船上岛；这虽说有船，可没有月，上之如何？"平湖秋月"但是有，我也留影了，可是，照样没有月亮。我想起张岱先生写过《西湖七月半》，知道七月半里西湖是最热闹的，知道看西湖是要到晚上的，有月亮。他有他心中的西湖之美："月色苍凉，东方将白，客方散去。吾辈纵舟，酣睡于十里荷花之中，香气拍人，清梦甚惬。"袁宏道在《春游西湖》也说："然杭人游湖止午、未、申三时，其实湖光染翠之工，山岚设色之妙，皆在朝日始出、夕春未下，始极其浓媚。"这是极有道理的啊。

我看了看地图，我知道我就要到岳王庙了。在西湖边，立有多位历史人物的墓穴、衣冠冢或宗祠。游客在游览景观的同时，也可以凭吊先贤。墓葬主人包括：林和靖、苏小小、武松、岳飞、牛皋、钱镠、于谦、张苍水、俞樾、苏曼殊、章太炎、秋瑾、史量才、陈布雷等。清朝袁枚有诗云："赖有岳于双少保，人间始觉重西湖。"

买好门票，整理好自己的心情，我庄严地走进岳王庙。在岳飞铜像前，我躬身三拜。走过岳云、牛皋等人的雕像，我的心中更沉重。岳家军，为着南宋王朝的江山，冤死风波亭。接着瞻仰岳飞墓，我又深深地鞠躬三下。岳飞墓前立着臭名昭著的铁像：秦桧和他的老婆王氏，张俊、万俟卨。他们，被永远地钉在了历史的耻辱柱上。

见时间还早，我想着去看看钱塘江。问了问人，说还远着呢。我重新决定，那不如在西湖边转转，我还有好多的景点没有看到呢。我随意地又上了白堤，沿路经过武松、秋瑾、苏小小的墓，我都肃立凭吊。

这里其实就是孤山。"孤山"两大字，其中孤字没有一点，人们猜测其意为"孤山不孤"。杭州人将"孤山不孤"，与"断桥不断"、"长桥不长"并称西湖三怪。放鹤亭在孤山东北角，为纪念宋朝以"梅妻鹤子"闻名的林逋而建，但我没能看到。浙江省博物馆在孤山南麓，文澜阁在浙江省博物馆内西北角，清乾隆年间，为存放《四库全书》，仿北京故宫文渊阁格式改建。我进入了西泠印社。西泠印社创办于1904年，因地近西泠桥而命名，是中国近代著名的金石书画艺术团体。不远处，有杭城老字号饭店"楼外楼"，以在西湖活养的草鱼烹制"西湖醋鱼"闻名。但听说价格太贵，一般人消费不起哩。

沿着白堤向回走，看过的风景再看也觉得清丽。天色已晚，我仍慢慢地走着，因为，我不想离开西湖。

我总是在寻找着西湖的风景。

其实，西湖处处都是美。你不用细心琢磨，也不用认真观察，随意地看，自由地赏，西湖处处皆风景。还是东坡先生说得好："欲把西湖比西子，淡妆浓抹总相宜。"

孤峰斜映夕阳红

第二天一早，下着小雨。我计划着前往虎跑泉。旅游车开到一个站点，人顿时热闹起来，车窗外，是高高耸立的雷峰塔，是我昨天走失的的雷峰塔。我立即改变出行计划，下车，购票，进入雷峰塔景区。

这里人流如织，似乎比西湖边要多。可是，不知几人懂得雷峰塔的故事？

雷峰塔原名皇（黄）妃塔，又名西关砖塔，位于西湖南岸夕照山的雷峰顶上，为吴越国王钱俶为祈求国泰民安而建。雷峰塔原是一座八角形、五层的砖木结构的楼阁式塔，后遇火只留下了砖体塔身。由于传说雷峰塔的塔砖可以用来驱病强身或安胎，长期有人从塔砖上磨取粉末、挖取砖块。1924 年 9 月 25 日下午，几乎挖空的塔基再也不堪重负，突然全部崩塌。2002 年 10 月 25 日，重建的雷峰塔落成，建在旧雷峰塔的原址之上，旧塔座部分成为遗址的展示厅，并有许多的文献资料供人参观。

但是，因为有了《白蛇传》，因了美丽的白娘子，雷峰塔就有了神奇的色彩。白素贞也真是一个至真至性的一个女子，令人佩服。据说白素贞只要收集齐"生老病死悲欢离合"八粒眼泪，即可成仙。她已经快收齐了，为什么不成仙偏偏爱上许仙呢？白蛇自迷许仙，许仙自娶妖怪，和别人有什么相干呢？可是，和尚法海偏要放下经卷，横来招是搬非，以至水漫金山。之后玉皇大帝看不去了，怪他多管闲事，以至荼毒生灵要拿他法办。法海四处逃窜，最后"嗖"地一下躲进了最令人想不到的地方。每当到了秋天的时候，苏州的湖泊边就爬满了八只脚的怪物，这就是大闸蟹了。任取一只，煮熟剖开，你会发现里面有黄有膏。若是母蟹，你翻开蟹黄以后，会发一粒小小罗汉打座形的东东。那就是法海的化身了，因此咱们又叫它蟹和尚。想必这也是花和尚，否则怎样会一头扎进母蟹的肚中呢？

白娘子最后被压雷峰塔，是普天之下百姓不愿看到的。法海扬言，除非雷峰塔倒掉，西湖的水抽干，白素贞才有可能逃出来。我们在初中时学过鲁迅先生《论雷峰塔的倒掉》："那时我惟一的希望，就在这雷峰塔的倒掉。后来我长大了，到杭州，看见这破破烂烂的塔，心里就不舒服。"先生的"并不见佳，我以为"这句话，成了那些年的流行语。于是，人们盼望着这象征封建势力的塔迅速倒下。人啊，天生就是追求自由追求真爱的人！

可是，这雷峰塔又重建了，建造得气势宏伟。不知道，这些又象征着一些什么呢？

雷峰塔里有电梯上塔顶。我选择了步行上塔。

第一层是雷峰塔的遗址保护层，用玻璃罩罩着。第二层里，有木雕展示着白娘子的故事，一幅幅精美的画面，向世人诠释着人世间最真的的情感。上了第三层，就可远观西湖之景了。西湖湖水平如镜，有船驶过，划下一道道韵律一样的波纹。上到第四层第五层，西湖之景全收眼底。可惜今天照样不是晴天，也不是六月，要不然，杨万里在《晓出净慈寺送林子方》所绘之景"接

天莲叶无穷碧，映日荷花别样红"定然呈现。塔的另一面，远远望去，正是净慈寺。净慈寺因杨万里写西湖的这首诗也沾了些名气，但真正的名气是来自它的"南屏晚钟"。记得有一首来自台湾的歌，总是风情地唱着：

> ……南屏晚钟随风飘送
> 它好像是敲呀敲在我心坎中
> 南屏晚钟随风飘送
> 它好像是催呀催醒我相思梦
> 它催醒了我的相思梦
> 相思有什么用……

"其实还有保俶塔，也美着呢。"有游人小声地说。

但我也没见到保俶塔。保俶塔位于西湖北侧宝石山山顶，由元至明、清，保俶塔六次毁坏六次重建。现存的砖塔，为六面七级，是1933年按明末以后的原式样重建的，并在1996年更换了朽坏的塔刹构件。是西湖宝石流霞景观所在，与雷峰塔隔西湖相对，素有"雷峰似老衲，保俶如美人"、"一湖映双塔"之说。

雷峰塔边林木高大，翁翁郁郁，是拍照的好地方。一旁有纪念堂，有一间专门存放着有佛螺髻发舍利的纯银阿育王塔和龙莲座释迦牟尼佛坐像等数十件佛教珍贵文物。

"雷峰夕照"有着传说中的美好，清雍正年间成书的《西湖志》这样赞美："孤塔岿然独存，砖皆赤色，藤萝牵引，苍翠可爱，日光西照，亭台金碧，与山光倒映，如金镜初开，火珠将附。虽赤城枉霞不是过也。"今天没有阳光，我是见不着"雷峰夕照"的美景了。一路上，我回味着清朝许承祖的诗："黄妃古塔势穹窿，苍翠藤萝兀倚空。奇景那知缘劫火，弧峰斜映夕阳红。"这，也是一种想像中的美好了。这种美好，在大诗人徐志摩的诗中也能读到：

> 我送你一个雷峰塔影，
> 满天稠密的黑云与白云；
> 我送你一个雷峰塔顶，
> 明月泻影在眠熟的波心。
> 深深的黑夜，依依的塔影，
> 团团的月彩，纤纤的波鳞——
> 假如你我荡一支无遮的小艇，
> 假如你我创一个完全的梦境！

又望了望对面的净慈寺，拍下几张照片，我急着向虎跑泉赶。下车来看，虎跑寺里游人并不多，风景与雷峰塔周边无异。我又上车，前往著名的宋城。

杭州宋城是中国人气最旺的主题公园，年游客逾600万人次。

门票300元，入园之后不再购票。这里，其实是一个真正玩的地方。

在宋城，我自由地穿梭在园区。

秉承"建筑为形，文化为魂"的经营理念，园区内宋河东街、土豪家族、胭脂巷、菲来巷、美食街、市井街六大主题街区华丽升级，热闹非凡；大宋博文化体验馆、柳永风月阁、七十二行老作坊等崭新亮相；活着的清明上河图、聊斋惊魂鬼屋、步步惊心鬼屋、人皮客栈听音室等高科技体验项目惊喜不断；土豪家族尝现打年糕、览古法木榨油、吃手工豆腐、饮乌毡帽酒，寻找父辈的记忆；更有新春大庙会、火把节、泼水节、为爸妈喝彩等一年四季活动不断。园区内《王员外家抛绣球》、《穿越快闪秀》、《风月美人》等十大演艺秀，给游客带来独特的游览体验。我站在楼下，王家小姐的绣球却没打中我。我只得急匆匆地跑去看大型歌舞《宋城千古情》。

据说，《宋城千古情》是一生必看的演出，是杭州宋城的灵魂，金戈铁马，美女如云。与拉斯维加斯的"O"秀、巴黎红磨坊并称"世界三大名秀"。它用最先进声、光、电的科技手段和舞台机械、以出其不意的呈现方式演绎了良渚古人的艰辛、宋皇宫的辉煌、岳家军的惨烈、梁祝和白蛇许仙的千古绝唱，把丝绸、茶叶和烟雨江南表现的淋漓尽致，极具视觉体验和心灵震撼。

在丽江，玉龙雪山脚下，我看过张艺谋先生导演的《印象丽江》，场面宏阔，震撼人心。《宋城千古情》与之对比，实在是小巫见大巫了。《印象丽江》能抓住游客的心理，能注重平常人的生活理念，甚至能改变观众的幸福观。而《宋城千古情》，只是抓住了杭州这座城的历史与文化啊。

晚上7点多，冒着小雨，我上了回旅馆的汽车。

鸟外疏钟灵隐寺

今天是最后一天停留在杭州。我选择了去灵隐寺。

小时候看《济公传奇》，幼小的心灵深受活佛济公乐善好施的影响，济公那古怪的装束，那诙谐的言语，给我们带来了无穷的快乐。今天天冷，还下着雨，但阻挡不了我拜佛的心。

据说，灵隐寺的创建颇具传奇色彩。印度僧人慧理从中原云游入浙，登临灵隐山时，山峰怪石嵯峨，风景绝异，见山中一峰似曾相识，说："此乃天竺灵鹫山一小峰，不知何以飞来？佛在世日，多为仙灵所隐。"这就是"飞来峰"。其遂在飞来峰下卓锡建寺，连建灵隐、灵山、灵峰、永福、下天竺（另有一说为：灵鹫、灵隐、灵山、灵峰、灵顺）五刹。除灵隐之外，其他四寺或废或更，均已不存。

进入灵隐寺景区，一眼就望见了飞来峰。

飞来峰又名灵鹫峰，山高 168 米，山体由石灰岩构成，与周围群山迥异。飞来峰古岩怪石，如矫龙，如奔象，如卧虎，如惊猿，仿佛是一座石质动物园。山上老树古藤，盘根错节；岩骨暴露，峰棱如削。明人袁宏道曾盛赞"湖上诸峰，当以飞来为第一"。

飞来峰奇石嵯峨，钟灵毓秀，在其岩洞与沿溪的峭壁上共刻有五代、宋、元时期的摩崖造像 345 尊，其中尤以元代藏传佛教（喇嘛教）造像最为珍贵，堪称中国石窟造像艺术中的瑰宝，故为全国重点文物保护单位。飞来峰是江南少见的古代石窟艺术瑰宝，可与重庆的大足石刻媲美。苏东坡曾有"溪山处处皆可庐，最爱灵隐飞来峰"的诗句。

作为禅宗五山之首，飞来峰石刻造像是中国南方石窟艺术的重要作品，这些雕琢于石灰岩上的佛像时代跨度从五代十国至明，在 470 多尊造像中，保存完整和比较完整的有 335 尊，妙相庄严，弥足珍贵。其中年代最早的是青林洞入口靠右的岩石上的弥陀、观音、大势至等三尊佛像，为公元 951 年所造。而卢舍那佛会浮雕造像则是北宋造像艺术中的精品。最为人所知的，莫过于大肚弥勒和18罗汉群像，此为飞来峰摩崖石刻中最大的造像，也是国内最早的大肚弥勒造像。佛像雕刻生动传神，坐于佛龛中的大肚弥勒坦跣足屈膝，手持数珠，袒胸鼓腹而开怀大笑，将"容天下难容事，笑天下可笑之人"的形象刻画得淋漓尽致。周围并环十八罗汉，也是神情各异，细致生动。元代的100余尊汉、藏风格的石刻亦容相清秀，体态窈窕，为佛教艺术之鸿宝。

据前人记载，飞来峰过去72洞，但因年代久远，多数已湮没。仅存几个洞，大都集中在飞来峰东南一侧。最南端一个叫青林洞，洞内有石床、手掌印，传说石床为"济公床"，后掌印为"济公手掌印"。此外，还有玉乳洞、龙弘洞、射旭洞等。

飞来峰传说里更多地寄寓了济公神奇的色彩。相传有一天，灵隐寺的济公和尚突然心血来潮，算知有一座山峰就要从远处飞来，那时，灵隐寺前是个村庄，济公怕飞来的山峰压死人，就奔进村里劝大家赶快离开。村里人因平时看惯济公疯疯颠颠，爱捉弄人，以为这次又是寻大家的开心，因此谁也没有听他的话。眼看山峰就要飞来，济公急了，就冲进一户娶新娘的人家，背起正在拜堂的新娘子就跑。村人见和尚抢新娘，就都呼喊着追了出来。人们正追着，忽听风声呼呼，天昏地暗，"轰隆隆"一声，一座山峰飞降灵隐寺前，压没了整个村庄。这时，人们才明白济公抢新娘是为了拯救大家。

济公成佛后的尊号为"大慈大悲大仁大慧紫金罗汉阿那尊者神功广济先师三元赞化天尊"，长达28个字。尊号誉其集佛道儒于一身，堪称神化之极。灵隐寺建有道济禅师殿，香火鼎盛，就是纪念这位神奇的罗汉。

向前行百来步，就到了灵隐寺。宋代诗人洪炎曾在灵隐寺写下这样的美丽诗句：

> 四山矗矗野田田，近是人烟远是村。
> 鸟外疏钟灵隐寺，花边流水武陵源。
> 有逢即画元非笔，所见皆诗本不言。
> 看插秧栽欲忘返，杖藜徙倚至黄昏。

灵隐寺始建于东晋咸和元年（公元326年），至今已有约一千七百年的历史，为杭州最早的名刹，为全国重点文物保护单位。灵隐寺地处杭州西湖以西，背靠北高峰，面朝飞来峰。灵隐寺开山祖师为西印度僧人慧理和尚。鼎盛时，曾有九楼、十八阁、七十二殿堂，僧房一千三百间，僧众多达三千余人。南宋建都杭州，高宗与孝宗常幸驾灵隐，主理寺务，并挥洒翰墨。宋宁宗嘉定年间，灵隐寺被誉为江南禅宗"五山"之一。灵隐寺主要由天王殿、大雄宝殿、药师殿、直指堂（法堂）、华严殿为中轴线，两边附以五百罗汉堂、济公殿、联灯阁、华严阁、大悲楼、方丈楼等建筑所构成，共占地一百三十亩，殿宇恢宏，建构有序。

灵隐寺以其得天独厚的佛教文化、宏伟壮丽的殿宇建筑和秀美幽雅的自然风光，成为人们学佛、观光、祈福、休闲的佛教胜地。

一路有雨，一路前行。

前边是永福寺。这是一座南宋皇家园林寺院，依山而建，几个院落分布在弯曲的山路两旁，犹如一串糖葫芦。因为有雨，两边的风景更是秀丽。那雨滴，在树叶的尖儿上，欲滴不滴，多了些

生机。不停地拍照，不停地驻足欣赏。沿上而上，是普圆净院、迦陵讲院、资岩慧院、古香禅院。大殿里供奉着观世音菩萨、大势至菩萨。有一尊千手观音，颇有些意味。但佛的内容不知甚少，不敢妄言。再向上走，到达大雄宝殿，这里供奉着如来佛祖和两位弟子，这三尊都是铜像。我俯下身子，许下心愿，跪拜三次。

其实还有韬光寺。听说，韬光寺里有座吕洞宾殿。还得爬山，也有些远，因为下雨我也有些冷，只得作罢。

下山了。山路弯曲，也一直下着小雨，但因为一路有着风景，有着自己虔诚的心，一点也不觉得累。有几线泉水，清澈见底，潺潺而下，声如佛语。路边有茶场，翠绿一片，立着有些禅意的小牌子，上边写着"风来疏竹，风过而竹不留声；雁渡寒潭，雁去而潭不留影""无所从来，亦无所去，故名如来"一类的话语，涤荡着我们的心灵。

坐上旅游车，我想去胡雪岩故居看看。胡雪岩，中国近代著名红顶商人，富可敌国的晚清著名徽商，政治家。因为时间的关系，我只能放弃。

我又去了吴山广场。吴山广场并不仅仅只是一个广场，而是附近的清河坊小吃街甚至御街加上吴山城隍阁才是完整意义上的吴山。我在吴山广场留影，然后去了河坊街。这里倒是游客逛街的好去处，那里有很多手工艺品、特产，还有南宋御街，保存有南宋时的古道。下着雨，正好，我购买了一把最正宗的杭州天堂雨伞。

晚餐在川味阁，这是一个很有味道的餐厅。晚上9点，我坐上了回家的火车。那灵隐寺，我觉得还没有看够。匆忙之中，我找到了唐人司空曙写的《灵隐寺》一诗：

> 春山古寺绕烟波，石磴盘空鸟道过。
> 百尺金身开翠壁，万龛灯焰隔烟萝。
> 云生客到侵衣湿，花落僧前覆地多。
> 不与方袍同结足，下归尘世定如何。

或许，我年纪大一些了，再来这儿，会有另一番意韵的。

就要离开杭州了，就要离开我这个美丽的情人西子了。我查了查资料，知道2011年6月24日在法国巴黎举办的第35届世界遗产大会上，"杭州西湖文化景观"正式列入世界文化遗产名录。余秋雨先生在《西湖梦》中写道："西湖的盛大，归拢来说，在于它是极复杂的中国文化人格的集合体。"这真是实至名归。

郁达夫曾说："西湖就像是一位'二八佳人体似酥'的狐狸精，所以杭州决出不出好子弟来。"大作家啊，你这是羡慕杭州的山水太秀丽了啊。因为你也懂得，西湖边，是美丽爱情的栖息地。所以，你与大美女王映霞在西湖边筑"风雨茅庐"而居数年。

西湖边，自白娘子与许仙开始，有过无数美丽的恋爱故事。

怕老婆的胡适 1923 年在烟霞洞小住过一段日子，陪伴其左右的是"小表妹"曹诚英。二人郎情妾意爬山荡湖，撩得胡适狠下心要与原配离婚。虽二人最后还是有缘无分，但这段有滋有味的婚外恋依然让胡适刻骨铭心。

还是徐志摩说得好："论山水的秀丽，西湖在世界上真有位置。那山光，那水色，别有一种醉人处，叫人不能不生爱。"当年，徐志摩在杭州西湖边，完全像处于热恋中的少年，给陆小曼的信中写道："你今晚终究来不来？你不来时我明天走怕不得相见了。"1927 年的 3 月，徐志摩与陆小曼已经厮守，此时的西湖风光在他眼里是无限明媚。即便是在孤山后面发现一个水潭，在他笔下也是"浮红涨绿，俨然织锦，阳光自林隙来，附丽其上，益增娟媚"。他们两人去三潭印月，走九曲桥，吃藕粉，吊雷峰遗迹，冒雨至白云庵月老祠求签，上演着爱情的经典故事。

西湖，永远说不完的美好，永远道不尽的美丽。

我还要来！

我还要吟唱风流才子柳永的《望海潮》："东南形胜，三吴都会，钱塘自古繁华。烟柳画桥，风帘翠幕，参差十万人家。"

我还要慢慢地坐下，细细品味西湖龙井好茶呢。

我还没看到西湖的六月荷花呢。

我还体会西湖七月半的热闹呢。

我连西湖的月亮也还没见到呢。

还有那美丽的西子呢……

杭州，等着我！西湖，等我来！

走马观花看云南

一

　　阿诗玛，丽江，玉龙雪山，泼水节……这些都是云南给我们的印象。这种印象，美好而模糊。于是，常常有那么一种期盼，能够到云南去走一走。2011 年高考的硝烟还没散尽，学校安排我们高三年级教师去云南走一走。我们的身上，高考备考的艰辛、高考阅卷的疲惫一扫而光。

　　6 月 23 日中午，我们一行 48 人在学校门口集合，坐上了旅

游大巴，前往长沙。车上，全陪导游小肖、小万使出浑身解数，为我们驱除旅途的寂寞。老师们一个个地上，唱歌的唱歌，讲故事的讲故事，说谜语的说谜语，不会这些的，还会来两声精彩的猫叫狗叫。一阵嬉笑声中，大约5点，我们的车抵达长沙黄花机场。坐飞机，分成了两班，我们27人第一班走，是晚上5点55分前往昆明的飞机。大约7点半，我们顺利到达昆明。另一班飞机是10点的，后来得知，这趟飞机晚点了，快凌晨3点才到昆明。早到的我们，当然要逛逛夜色下的昆明。随意地走了走，最大的收获当然是吃了一碗云南的过桥米线。

6月24日一早，我们分乘两辆旅行车，从昆明路过大理到丽江。我们车上，是昆明的地陪导游，姓邹，一个精明的女性，

30多岁。她很能说，在车上，介绍了昆明的地理特点以及发展方向。云南地理位置好，工业污染少，名胜古迹多，少数民族美。昆明的建设，是有过风水先生的建议的，说，要将昆明市区建成龟蛇形，山（西山）水（滇池）相映。

过楚雄，此地为彝族自治州。经元谋，这是东方人类的故乡，也是野生菌和恐龙的发源地。途中吃饭，后到大理。大理以白族人居多。参观大理古城，这就是金庸老先生笔下的大理王国。那段氏家族，在大理是真实存在的。大理盛产茶花、兰花，尤其以"十八学士"和"抓破美人脸"为最。大理雕民居多，有梅雕、木雕、银雕。金庸先生来大理时，受到特别隆重的接待，大理民众送给他一把大理王国的银钥匙。古城多为银器店，游客虽众，但购买者不多，因为不知银之真假。上车，观两旁建筑，均以白色为主，白色的墙上，画上几幅黑色的画，画的内容大多为"年年有余""子孙多多"之意，颇有情趣。车上，邹导游讲起了大理的"风花雪月"。大理是风城，大风起时，可连人吹起。上关的风，下关的花，苍山的雪，洱海的月。这风花雪月，与公子王孙贵族的生活那是真没有关系的。

沿途翻山，有人惊呼。有人不以为然，说，四川的山路那才叫山路。

就要到丽江，有一鹤庆县，每家房屋顶上，都有一小动物形状雕饰物。导游说，那是瓦猫，是龙之子，也叫貔貅。这个小东西，吉利着哩，招财进宝，阴阳调和，都少不了它的。当年，和珅家里就供着这家伙。还有，澳门的赌场，南京的市标，人民银行的行标，不少大桥的桥头，都是这可爱的东西。可谓吉祥之物也。

　　到了丽江，女导游说起了丽江的男人女人，说这里是男人的天堂、女人的农场。丽江的男人不下地，只在家中写写画画，或者上茶馆、酒馆。家中的家务农活，全是女人做。女人少有的时候闲聊，也是说自家的男人怎样的优秀。男人，创造着精神生活；女人，创造着物质生活。

　　丽江市位于云南省西北部云贵高原与青藏高原的连接部位。市区中心海拔高度为2418米，与同为第二批国家历史文化名城的四川阆中、山西平遥、安徽歙县并称为"保存最为完好的四大古城"。丽江北连迪庆藏族自治州，南接大理白族自治州，西邻怒江傈僳族自治州，东与四川凉山彝族自治州和攀枝花市接壤。

　　这里地处滇、川、藏交通要道，古时候频繁的商旅活动，促使当地人丁兴旺，很快成为远近闻名的集市和重镇。一般认为丽江建城始于宋末元初。公元1253年，忽必烈（元世祖）南征大理国时，就曾驻军于此。由此开始，直至清初的近五百年里，丽江地区皆为中央王朝管辖下的纳西族木氏先祖及木氏土司（1382

年设立）世袭统治。其间，曾遍游云南的明代地理学家徐霞客（1587—1641），在《滇游日记》中描述当时丽江城"民房群落，瓦屋栉比"，明末古城居民达千余户，可见城镇营建已颇具规模。

　　作为中国历史文化名城和世界文化遗产的丽江古城，由白沙古镇、束河古镇、大研古镇三个相对独立的单元共同组成，其主体部分是大研古镇。

　　丽江古城的总体格局，北以玉龙雪山为依托，南以文笔山为屏障，是一个以纳西族为主要居民居住的古老城镇，以道教的八卦图形成，以四方街为文艺及商贸中心，以新华街、新义街、光义街、七一街、五一街五条主街道为脉络，向四周延伸形成许多

条小巷。勤劳朴实的纳西人居住在"三坊一照壁""四合五天井"的一至二层的土木结构房屋中,"披星戴月"的纳西族妇女一年忙得只有在大年初一睡一天的懒觉。房屋建筑融合了中原文化和邻族的精华,而形成纳西族的建筑风格,体现了纳西族的布局、汉族的砖瓦、藏族的绘画、白族的雕刻四个民族的特点,被誉为"民居的博物馆"。在与自然界的和谐相处过程中,能够巧妙地将自然界的生灵装饰在古朴的六合门、窗上,使之有了鲜活的生命,纳西语称"四季博古",汉语为"福包四季"之意。

玉龙雪山,是我们最美丽的向往。丽江古城,是我们梦想中的天堂。

二

我们下榻在玉龙雪山脚下。

6 月 24 日晚,我们夜逛古城,感受古城之美。这里是电视连续剧《一米阳光》和电影《千里走单骑》的拍摄地点。古城人多,多得你似乎无从下脚。古城商铺多,多得你无法购物。夜色中的古城,热烈而奔放,敞开着她的胸怀迎接着四方的客人。

夜深,人不去。但我们还是依依不舍地步行回到所住的宾馆。因为第二天,我们要去亲近我们神往的雪山了。

夜半,有鸡叫声传来,应该是古城里的鸡了。有皎洁月色,我起床向窗外望去,月光如雪,洒在一座又一座房子上。那房子,长在山上一样,一层又一层。素净的夜空,挂着一弯弦月,像夜行人的眼。已经是黎明了。

　　我想，真正的古城，最美的时候应该是早晨了。和所有的美
人一样，睡莲一般，肯定是最美丽的。静静地，没人打扰。

　　但我们要上车了，吃完我们并不习惯的早餐，我们坐上了前
往玉龙雪山的客车。

　　昨天做了一天的乘客，今天，真的要做游客了。

　　车程不远，半小时就到。整个景区，天然，纯净，看不到一

丝污染。

早晨的阳光很强，但温度并不高。就要走近雪山，有人怕冷，租来一套防寒服，红红的，很是刺眼。客车换成青蛙车，一路"吓人"（齐声喊叫，故意吓唬迎面而来的车的做法），走进雪山。又乘缆车，上到雪山平台云杉坪。据说这里有著名的"玉龙第三国"。纳西语所称"舞鲁游翠阁"（一般译为"玉龙第三国"）很早就被西方人称为世界殉情之都。玉龙第三国是纳西族古老的传说，是东巴爱情守护神。相传当人们的感情和传统社会道德相冲突时，无法面对现实的人们，可以用自己的生命所换取的一个生存空间，一个理想的国度。而云杉坪就是传说中进入这个国度的窗口。

因此，云杉坪也成为一个浪漫而充满凄情的地方。他们认为，在此可摆脱世间烦恼，升入理想的爱情国度"玉龙第三国"，在那里，钟情的恋人可以尽情地躺在雪水滋润的鲜花丛中，可以饮着最靠近天国的无比晶莹的天赐露水，可以沐着清纯无比的皎洁月光，长久地相守直到永远。

玉龙第三国是纳西族人世代景仰的圣地。这里是人间天堂的化身，是人们心目中向往的王国。在《东巴经》中曾写道：这是一个白云缭绕的山国，这儿有穿不完的绫罗绸缎，吃不完的鲜果珍品，喝不完的美酒甜奶，用不完的金沙银团，火红斑虎当乘骑，银角花鹿来耕耘，宽耳狐狸做猎犬，花尾锦鸡来报晓。

抬头是高耸入云的玉龙雪山，云雾缭绕，凉风徐徐而来。草坪被四围参天的云杉丛林包裹，那些树，相互挽扶着，缠绵如情侣的双臂，高的威风兀立，挺拔健壮，抬手撑起一片天空；矮的

小鸟依人样，从它边上路过，轻轻地抬起它的手，似有温柔的情丝缠绕。有风吹过，只听见一段幽幽的乐曲在林间荡涤，树与风合奏着，风歌树舞。如此美妙，如此动人，却又如此幽静，真如人间仙境一般。

草坪四周也是栈道，中间是不能进去的。绿草如茵，有零零落落的花，还有嗡嗡的蜂群经过。在这样一处静谧之所，我只是茫茫然走在游人中间，随栈道慢慢绕行，不忍心高声喧哗，也许，那双双对对的情侣正情意绵绵地在这片爱的居所里谈情说爱。我只是在心里默默地祝福。栈道外，缓坡间，偶尔也有一头头牦牛时隐时现，也有山鸡扑棱棱地飞腾。

离开云杉坪的时候，心里有一丝怅然。回望这片芳草萋萋的绿地，祈愿这一切都只是传说。

看着玉龙雪山，她圣洁的身体袒露在我们面前，那雪，洁白晶莹。但，又永远是可望而不可

即，充满着神秘，弥漫着诱惑。

路过许愿林，虔诚地许下心愿，将许愿牌郑重地挂了上去。

在玉龙雪山下留影，摆着不同的POSE，证明我们曾经来到这神话中的王国。

往回走，停留在蓝月谷。蓝月谷，又名白水河，在晴天时，水的颜色是蓝色的，而且山谷呈月牙形，远看就像一轮蓝色的月亮镶嵌在玉龙雪山脚下，所以名叫蓝月谷。而白水河这个名字是因为湖底的泥巴是白色的，下雨时水会变成白色，故名。

玉龙雪山冰雪融化成河水从雪山东麓的一条山谷而过，因月亮在蓝天的映衬下倒映在蓝色的湖水中，又因英国作家詹姆斯·希尔顿笔下的《消失的地平线》中的蓝月亮山谷近似于此，故名"蓝月谷"。

蓝月谷中的河水在流淌过程中因受山体阻挡，形成了四个较大的水面，人称玉液湖、镜潭湖、蓝月湖和听涛湖。湖岸四周植被繁茂，远处雪峰背衬。湖水是透明的蓝，近乎凝固的湛蓝中，些许的绿意点缀其间。于湖心四顾，白云连横，浮于山际，倒映在湖面，如梦幻影，疑是仙境。

这玉龙雪山下最自然的溪谷，流水是雪山的雪水，有些清冷。但我就是想亲近这圣洁的雪山，脱了鞋袜，踏进雪水中，与同游者戏水。有当地人请来牦牛、雄鹰与游人合影，我毫不犹豫地选择了雄鹰。戴上手套，雄鹰立于我手臂之上，忙不迭地拍照，也让我长了些雄气。

最精彩的节目是观看《印象·丽江》，舞台就在玉龙雪山脚下，3100 米的海拔。全篇分《古道马帮》《对酒雪山》《天上人间》《打跳组歌》《鼓舞祭天》和《祈福仪式》共 6 大部分。整个演出以雪山为背景，以民俗文化为载体，由 500 名来自 10 个少数民族的演员倾力出演。来自纳西族、彝族、普米族、藏族、苗族等 10 个少数民族的 500 名普通的农民是《印象·丽江》雪山篇的主角，他们的家乡就是云南的丽江、大理等地的 16 个村庄。这些有着黝黑皮肤的非专业演员，用他们最原生的动作，最质朴的歌声，最滚烫的汗水，与天地共舞，与自然同声，带给观众心灵的震撼。在此附以他们表演的节目单：《阿拉姆舍你》（在很久以前）、《动物》、《回家》、《朋友来了——喝酒》、《苏古笃的声音》、《水》、《十女十歌》、《我是纳西的后代》、《三朵神在上》、《马帮》、《叫天天答应》、《讲经》。

这场表演，是——

一场荡涤灵魂的盛宴！

一个曾经被遗忘的王国，

一座至今无人登顶的神秘之山，

一场用灵魂书写的演出，

一场用心灵观看的盛宴，

一场我们白日里做的梦。

看完表演，我觉得，我对生活的看法有了变化，我对幸福得重新定义。

下午到东巴教圣地玉水寨，这是东巴人最为神圣的地方。"山有多高，水有多高"，这是人们对玉水山寨的赞誉，这股偌大的山泉从崖岭间奔腾而出，而且海拔3000多米，

SOLO WANDERING
千里走單騎 2418
旗舰店
千里走單

美女
觉
天
网
书
呆
一种享受
一种自得
一种迷醉
一种品味

令人十分惊奇。溯水寻源，就将人引到浓荫深处，只见水源从荫翳蔽日的两株大树底下冒出，树是枫树，都是千年古树，只见大树虬枝盘曲，枝叶婆娑，绿荫匝地。

然后回丽江城，购买丽江特产——螺旋藻。丽江程海是世界上三大生长螺旋藻的湖泊之一，而且生长的钝顶螺旋藻是最为优良的品种，螺旋藻所含的成分使其具有保健和医疗双重功效。在丽江街头会看到很多加入螺旋藻后加工而成的食品，比如面条、饼干等。

玩了大半天，有些累。吃过午饭，有些同事回到了宾馆去休息。我和同事峰同住一标间，说午休后再去看看丽江古城。团里原定下午5点半去丽江国际交流中心看最著名的《丽水金沙》歌舞表演，但说票难买到，最后买到的是晚7点半的。正好，我们起床后可以去丽江古城再看看了。起床的时候，好多同事已经去了古城，看来对古城的热情都是一样的啊。我和峰一同前往，购物些许，有羊皮画，有丽江特产食品，还有手工烟。峰为他女儿买了件裙子，我为自己买了个当地手工的全皮小包。出城的时候，我们居然找不到方向了，最后一想，古城有条河，河水的方向是固定的，我们就逆流而上，果然找到了出口。时间有些急了，打电话问同事烈，说好一同吃丽江黑山羊肉的，他说早开始了。我和峰匆匆吃了点米线，填了肚子，向国际交流中心跑，我们的入场券还没拿到手哩。

进场了，著名的《丽水金沙》歌舞表演真是不错，可以叫作原汁原味，照样由当地少数民族演员表演，灯光、舞台效果比中央电视台的不会差。演出的时候，不少的观众拿出自己的摄像设备，拍个不停。其实啊，你拍的时候，就不能尽情地欣赏，这又

怎么不是一种错误的选择呢？

看完了演出，我们依然在心中惦着丽江古城，于是，我们又来到了古城。又是一番拍照后，我一个人独自在古城走走。但一个人是不可能静下来的。古城那么的热闹，怎么可能让你静下来呢？人们常说，丽江古城是艳遇之都，我转了转，也希望逢着丁香一样的姑娘。

最热闹的地方肯定是丽江古城的酒吧了。那些酒吧，比起大都市的酒吧，更有特色。古城的客栈也极具特色。听人说，她的一个大学男同学，去年春节的时候，带了两万元钱，干脆住在了丽江古城客栈，说是为着艳遇去的。十多天，钱用完了，也不知艳遇找到没有。最有名的酒吧名叫"樱花屋"，这里的人最多，气氛也最热闹。啤酒近500元一打，照样顾客盈门。舞台上不断地变换着节目，有唱歌，有魔术，有劲舞，还有变脸。下面的观众也不停地疯狂着，时不时地有男男女女相对坐着，也不知是不是艳遇上了。导游曾说，也许，这面对的两个

人根本不认识哩。

我热闹地享受着古城。

天已经很晚了，我依依不舍地离开了古城。

三

6月26日，我们的旅游车开往大理。我们望着玉龙雪山，这圣洁的天堂，我们就要和你分别。

导游又向我们讲起了摩梭人走婚。

世代居住在泸沽湖畔的摩梭人被誉为"东方女儿国"，至今仍保留着男不娶、女不嫁的走婚生活。走婚是摩梭人的一种婚姻模式。摩梭人是母系社会，在日间，男女很少单独相处，只在聚会上以舞蹈、歌唱的方式对意中人表达心意。男子若是对女子倾心的话，在日间约好女子后，会在半夜的时候到女子的

　　"花楼"（摩梭成年女性的房间，独立于祖母屋即"家屋"外），传统的会骑马前往，但不能于正门进入花楼，而要爬窗，再把帽子之类的物品挂在门外，表示两人正在约会，叫其他人不要打扰。然后在天不亮的时候就必须离开，这时可由正门离开。若于天亮或女方家长辈起床后才离开，会被视为无礼。男性称女情人为"阿夏"，女性称男情人为"阿注"。走婚是"母系"家庭中重要的组成部分。成年男子"走婚"是一个传宗接代繁衍后裔的途径，只是不同于其他民族夫妇常年生活在一起。他们是日暮而聚，晨晓而分，暮来晨去。摩梭人走婚有两种方式：一种叫"阿注"定居婚，一种叫"阿夏"异居婚。不管哪种婚俗都得举行一个古老的仪式，叫"藏巴啦"，意思是：敬灶神菩萨和拜祖宗。在女方家举行这个仪式，时间一般在傍晚，

不请客、不送礼，朋友们也不参加。这个礼仪是由男方家请一证人把求婚者领到女方家，当然是男女青年早已有了感情了，不存在媒妁之言，母舅之命。他（她）们的母亲及舅舅们也了解和默认后才举行，男方家根据自己的经济状况把带来的礼品按规矩放在火塘上方锅桩的平台上及经堂里的神台上，向祖宗行礼，向锅桩行礼，再向长辈及妈妈、舅舅、姐姐行礼，然后接受长辈们及姐妹们的祝福。送去的礼品按尊长、老少各有一份。你的心上人"阿夏"必须按摩梭人装饰，从头到脚精心打扮。男方会得到女方精心用摩梭麻布亲手织成有摩梭特色的花腰带。女方家决不会向男方家摊派钱物。他们认为男女相爱是平等的，这比什么都重要，感情是摩梭人"走婚"的重要因素。当证人向"阿夏"的母亲、舅舅们交代完后，从此男女双方就公开化了，"阿夏走婚"不请客，不操办，这种古老的风俗又俭朴、又省事，整个仪式一个小时即可完成。

旅游车开到大理，先来到严家大院。严家大院建于1919年，是喜洲"四大家"之严子珍先生所建，占地面积2478平方米，建筑面积约3066平方米。严家大院是一座有多院套连起来的深宅大院，走进翘角飞檐高大繁复的大门，是"三坊一照壁"的院落，有照壁字画，花木摇曳，令人满目生辉。进了过厅是"四合五天井"的大院，有漏角、天井，四通八达，仿若迷宫。曲径通幽之后是别有洞天的又一个"四合五天井"的大院，最深的后院则悄然矗立着一栋西式风格的别墅洋房，完全采用现代建筑形式，内设地下室、阳台、走廊、落地玻璃窗，四周花木盆景，环境幽雅别致。建筑形式古朴典雅，被列为国家级重点文物保护单位。虽然历经近百年风雨沧桑，仍显示出当年主人富甲一方之气派。虽经岁月的洗涤，红色的朱漆门窗，大理石雕刻的白色围栏仍不失其当年的风华。

严家大院里有一个演出的小礼堂，大概有两百个座位，主要是进行三道茶表演，当然还有其他的一些习俗表演。白族是一个知礼好客的民族，以"三道茶"敬客，这是一种高尚的礼仪。第一道茶，选取较粗、较苦的茶叶装进小砂罐用文火烘烤，再冲滚烫的开水。此茶虽香，却也很苦，称之为"清苦之茶"。第二道茶，加进红糖、乳扇、核桃仁、芝麻，香甜可口，叫作"甜茶"。第三道茶由蜂蜜和4至6粒花椒调拌，甜中有苦，苦中有甜，还夹带一丝麻辣味道，便是"回味茶"。"一苦、二甜、三回味"，寓意着人生的历程和真谛，"三道茶"的工夫就是让人体味人生的全过程，"吃得苦中苦，方为人上人"。只有辛苦的付出才会有甜蜜的回报，才会有幸福的将来，否则还没等体验出人生的滋味，就只有"回味"的份了。

体味了人生的三道茶后，我们来到崇圣寺三塔。

崇圣寺三塔属全国重点文物保护单位，是南诏国和大理国时期建筑的一组颇具规模的佛教寺庙，位于原崇圣寺正前方，呈三足鼎立之势。崇圣寺初建于南诏丰祐时期（824—859年），大塔先建，南北小塔后建，寺中立塔，故塔以寺名。现寺的壮观庙宇在咸丰年间已毁，只有三塔完好地保留下来。

据《南诏野史》（胡本、王本）、《白古通记》等史籍记载，崇圣寺建于南诏第十主丰祐保和十年至天启元年（833—840年），费工708 000余，耗金银布帛绫罗锦缎值金43 514斤。修建三塔后，又建了规模宏大的崇圣寺。经历代的扩建，到宋代"大理国"时期达到鼎盛巅峰。据《南诏野史》记载：崇圣寺"基方七里，

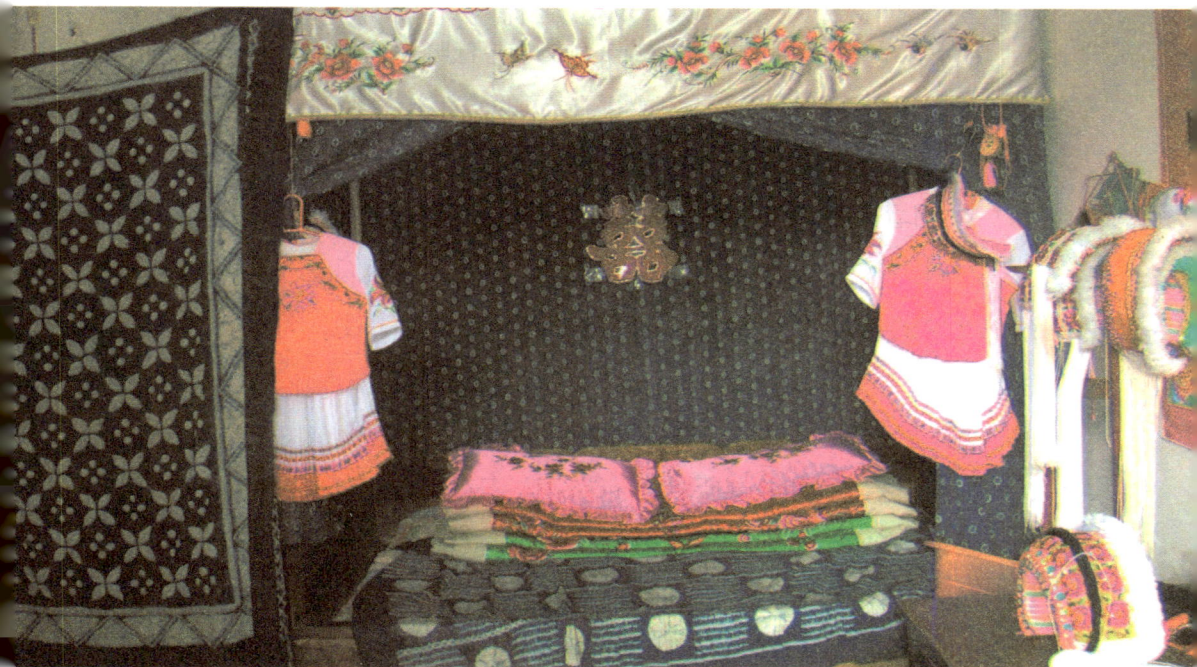

为屋八百九十间，佛一万一千四百尊，用铜四万五百五十斛"；有"三阁、七楼、九殿、百厦"之规模。

下午，我们回到楚雄彝族自治州吃着野生菌火锅，喝着当地的酒，好生惬意，醉醺醺地回到自己的宾馆。

6月27日吃完早餐，导游带着我们来到昆明玉石博物馆。这是中国最大的玉石博物馆，也是来云南旅游必到的地方。当然，购买是必需的，不一定是被迫。我和同事们几乎都买了或多或少的玉器，有观音，有佛，有貔貅，有手镯，都是满心的欢喜。

然后坐车到石林。石林彝族自治县位于云南省东部，昆明市东南部，属昆明市所辖的远郊县。石林风景区坐落在境内，景区由大小石林、乃古石林、大叠水、长湖、月湖、芝云洞、奇风洞7个风景片区组成。全县共有石林面积400平方公里，是一个以岩溶地貌为主体的，在国内外知名度较高的风景名

胜区。

　　石林也是香烟的一个品牌，又是岩溶地质学术语，还是一名演员的名字。在雨中，我们抢占有利地势，和石头们合影。那秀气的阿诗玛，故事生动迷人，让我们回到了童话之中。吃饭时，有现场书画，不少人购得一二。雨越下越大，我们只得急急而返。

　　回到昆明市区，导游带着我们先后到银器店、茶叶店、精油店。手中的

钱，上午大多买了玉器，所以购买银器的人并不多。我们对精油店感兴趣。精油是从植物的花、叶、茎、根或果实中，通过水蒸气蒸馏法、挤压法、冷浸法或溶剂提取法提炼萃取的挥发性芳香物质。据说，精油对女性的皮肤保养很是有效果。心中有蓝颜或红颜的，自然又少不了买上一些。买得多的还是普洱茶，这茶，要是买上真品，应该对胃是有好处的。

晚上宿昆明，就是我们到云南第一晚的金粮云顶宾馆。

6月28日，这是自由的一天。我们可以在昆明市区自由地玩上一天。我们吃了早餐，先来到翠湖公园。

翠湖公园在昆明城西南，是市内群众举步即至的游览佳地。园中两道长堤相互绵亘，分湖为四，堤畔遍植柳树，湖内多种荷花，"翠堤春晓"为昆明一景。园内碧波粼粼，杨柳拖青，雕梁画栋，姹紫嫣红，给人以清新秀丽、怡静幽雅之感。翠湖面积21.6公顷，其中水面15公顷，是一个以水体为主的古典建筑园林。翠湖公园由水月轩、西南岛、金鱼岛、海心亭、观鱼楼、九龙池等景点组成。在湖西面的儿童乐园里，有"金鱼戏水""浪

卷珍珠""碰碰车"等游乐设施，是儿童们喜爱的一块天地。节假日来到翠湖，或沿堤漫步、阵阵清风徐来，柳丝拂面，气爽心扉；或荡舟湖面，波摇影晃，心旷神怡；或邀友品茗，谈天说地，优哉游哉。1985年，西伯利亚海鸥不知何故飞临翠湖与人为友，从此年年必至，年复一年，至今已有15年光景。在高原的闹市中心，这一群从天而降的精灵，给昆明带来了生气，也给翠湖平添了奇景。

湛蓝的天空、和煦的阳光，伴随着老人、孩子的欢声笑语，一派欢乐祥和的升平景象。

我们的目标是去西南联大。一路问过去，知道西南联大旧址在云南师大校园里。走过云南大学，就到了云南师大，西南联大在它的校园一角。国立西南联合大学，是中国抗日战争期间设于昆明的一所综合性大学。卢沟桥事变后，日本帝国主义全面发动侵华战争。为保存中华民族教育精华免遭毁灭，华北及沿海许多大城市的高等学校纷纷内迁。抗战十四年，迁入云南的高校有10余所，其中最著名的是国立西南联合大学。西南联大是由国立北京大学、国立清华大学和私立南开大学联合而成。联大的许多精神，特别是学术独立、大学独立，科学与民主的精神，兼容并包与学术自由的精神，艰苦奋斗的精神，敬业勤学的精神，为共同事业团结合作的精神，现在尤为值得我们学习。

我的日本原装相机有些小问题了，很早就想找个地方修一下。也巧，在云南师大的校门口，我找到一家店，修好了相机。

六七个人，逛得有些累了。找了个酒馆，AA制，大撮了一顿。

下午去花市。四季如春，四季有花，这是云南的名片。然后到超市，云南特产应有尽有，尤其是云南中草药和"云南十八怪"小吃最值得买上一点。

我们晚上9点的飞机，又是晚点，11点多才上飞机。上了飞机，天晚了，睡意也来了。约6月29日凌晨两点，飞机降落在长沙市黄花机场，坐上早已恭候的旅游大巴，约4点回到监利。

我在想，多少年以后，我还会想起我们的云南之行。那《印象·丽江》大场景又会浮现在我的眼前。少数民族说话就是唱歌，走路就是跳舞。那原汁原味的载歌载舞是向远方的客人表示欢迎，表现出他们特有的热情奔放。他们说：站在这神奇的玉龙雪山前的我们，虔诚地为从四面八方而来的你祈愿，祈求天为你实现心愿，为你喜降福气；我们在这里虔诚地为你祈愿，等你再来……

在这个演出中，我什么也说不出来。我觉得，语言就是浅薄的，有些事情，语言永远表达不出来。有些震撼，只能在心里感受。有些泪，只能在微笑间用手一掠而过。

我想，我一定会再回去看的，不为别的，不为云南、不为大理、不为丽江，只为《印象·丽江——雪山篇》给我的震撼和感动。

末了，补记一下云南各地对女子、男子的称呼。昆明，女称阿诗玛，男叫阿黑哥（千万不能叫阿白哥，那是好吃懒做之人）；楚雄，女称阿表妹，男称阿表哥；大理，女的叫金花妹，男的叫大鹏哥；丽江，女的叫胖金妹，男的叫胖金哥（以胖为美，以黑为贵）。

长阳清江画廊行

　　"八百里清江美如画，三百里画廊在长阳"，长阳山川秀美，风情浓郁，景观独特。秀美的长阳让我长久地期盼着一次与她相会。2002年7月10日，我有幸参加了《教育周刊》小记者及辅导教师夏令营活动，目的地就是长阳。家中6岁多的小女菡也吵着要来，当然，我带上了她。

　　长阳只是宜昌市的一个小县，但是她的旅游名气可不小。20世纪90年代以来，湖北省对清江流域进行梯级开发，长阳境内形成了"一坝（隔河岩大坝）两库（隔河岩水库、高坝洲水库）"的独特景观，清江已变成绵延数百公里的梯级长湖，为绝佳的观光旅游、休闲度假胜地，与神农架、武当山、长江三峡齐名，并称为湖北四大甲级旅游资源区。长阳清江画廊旅游度假区是国家AAAAA级旅游景区，长阳被命名为"湖北旅游强县"。长阳民风淳朴，民族风情浓郁，民俗多姿多彩，内涵丰富的传说故事、炽热流畅的吹打乐、哭中有喜的哭嫁歌、散发泥土芳香的薅草锣鼓、婀娜多姿的花鼓子、风味独特的土家菜肴等，无不充满着浓郁的民族民俗风情。

　　我们的旅游大巴沿着汉宜公路前进，进入宜昌境内，透过车窗看到一座又一座大大小小的山，车里的小朋友们欢呼起来。毕竟，他们在平原生活的时间太久了。6个多小时后，车抵土家族聚集区——车溪。吃过午饭，我们开始参观。这里是巴楚故土园，我们在梦里老家农家乐欣赏了土家歌舞表演、原生态土家山歌，参观了全国唯一一家以"农家劳动生产"为题材的农家博物馆。这是一家以"家"的形式，以"农"为题材，反映土家文化的全国第一家农家博物馆，是全湖北省第一家以反映农村日常生活起居、农耕稼作情节的博物馆，同时也是全省第一家由民间社会团体自行筹办的博物馆，因而具有极高的艺术欣赏与历史研究价值。看着一件件农具，小女菡不停地问着我，这是什么那是什么，我给她一一作答。人的生活，离不了农业啊。土家族人，勤苦的土家族人，是炎黄子孙的一个缩影。

　　然后，我们的车开到了天龙云窟。在这里，可以看到神奇地质变迁造就的莲花洞。有小朋友用手轻轻地捧起洞中的泉水，感受夏日的清凉。我担心小菡的年龄太小，不能爬山。不想，她跑得比我还要快。她还不停地和那些初中生小记者哥哥姐姐说着话。看来，这次让她出来，选择正确了。路途中，小菡也要求我为她留下一张张漂亮的照片。有一张在是土家族大炮上拍摄的，她伸出小手，POSE摆得还挺有范儿呢。可是，一上旅游车，她就趴在我的腿上睡着了。其实，小家伙精明着呢，她这是在蓄养精力，为下一个景点做好冲刺的准备呢。

第二天游览清江画廊。经过隔河岩水电站，我们坐在车上，观看隔河岩大坝。接着，我们坐上游船，正式进入清江画廊景区。

《水经注》记载："……水色清照十丈，分沙砾。蜀人见其澄清，因名清江。"清江是土家人的母亲河，弯弯曲曲八百里，宛如一条蓝色飘带，穿山越峡，自利川市齐跃山发源逶迤西去，横贯鄂西南10多个县市。"八百里清江美如画，三百里画廊在长阳。"清江是一首抒情的诗，是一曲优美的歌，更是一幅迷人的画。三百里的清江画廊，境内峰峦叠嶂，数百翡翠般的岛屿星罗棋布，灿若绿珠。犹如黛江水烟波浩渺，高峡绿林曲径通幽。人称清江有长江三峡之雄，桂林漓江之清，杭州西湖之秀。这里被赞为东方的多瑙河，被称为桨声灯影的梦乡！清江画廊风景区是国家AAAAA级景区，国家森林公园。

　　进入清江画廊风景区的第一个主要景点是倒影峡，位于隔河岩大坝北侧。其峡长 5 公里，水静谷幽，山峰陡峭，处处皆画。她以"鱼游枝头鸟宿水"的倒影胜景著称。两岸的岩石群，形成独秀的天然山石景观。山间林木葱翠，树影婆娑，清泉潺潺，波回水转，是一处融山、水、峡、洞、林木为一体的极富自然质朴气息的佳境。其景观清江大佛山，天然弥勒佛，高 278 米，底宽 144 米，比四川乐山大佛还大两倍，堪称亚洲之最。还有孔雀开屏山等，形态逼真，气势磅礴。倒影峡，可谓是清江画廊中的点睛之笔！

　　传说的仙人寨景点我们没有去，从清江画廊旅游码头乘船逆江而上 25 公里，我们来到了武落钟离山。这座古老而神奇的山，峭壁峻岩、草木葱茏，四面浩波环绕，点点船帆浮游。这就是土家先祖巴人的发祥地武落钟离山。据《后汉书·南蛮西南夷列传》

记载："巴郡南郡蛮，本有五姓：樊氏、巴氏、瞫氏、相氏、郑氏，皆出于武落钟离山。其山有赤黑二穴，巴氏之子生于赤穴，四姓之子皆生于黑穴。未有君长，俱事鬼神，乃共掷剑于石穴，约能中者，奉以为君。巴氏子务相乃独中之，众皆叹。又令各乘土船，约能浮者，当以为君。余姓悉沉，唯务相独浮。因共立之，是为廪君。"廪君肩负重任，率众从武落钟离山出发，溯清江西徙至盐阳，征服了盐水女神，继而"君乎夷城"，这就是历史上存在了数百年之久的巴国前身。4000 多年前，巴人首领廪君就诞生在这里。向王庙凌空高悬，祀奉着廪君的塑像；石神台供奉着两具天然椭圆形石器，印记着古代巴族生殖崇拜的遗痕；盐女岩酷似土家族少妇，传说是廪君的妻子——盐水女神的化身；白虎堂临水而筑，若浮若定，堂内真实地展示出土家族的历史；纯木结构的山门悬挂着"民族之源"的匾额。这里是土家族人的发祥地，两千多年前"下里巴人"的故事就来源于这里。武落钟离山是一个民族的圣山，千百年来，她就这样静静地站在清江岸边，用她博大的胸怀，养育繁衍了当今 802 万土家人，在中国少数民族的历史上，写下了沉甸甸的一章。

长阳素有"歌舞之乡"的美誉。"不唱山歌喉咙痒，嘴巴一张像河淌。"多如牛毛的山歌，以其丰富的演唱内容，灵活的歌唱形式，高亢嘹亮、热烈奔放的演唱风格，与南曲、巴山舞并誉为长阳文化"三件宝"。在旅游车上，我们也感受了长阳土家族民歌之美。20 多岁的女导游教会了我们唱最简单的《凤凰歌》：

（合）一呀个凤凰一呀个头，
一呀个尾巴伸在姐后头，

（男）姐往哪里走啊，我牵着姐的手，

姐往哪里行啊，我扯住姐的裙，

（女）叫声奴干哥你快松手呀，

我要往那娘家走一走。

（合）二呀个凤凰二呀个头，

二呀个眼珠子黑不溜子秋，

（男）姐往哪里走啊，我牵着姐的手，

姐往哪里行啊，我扯住姐的裙，

（女）叫声奴干哥你快松手呀，

我要往那娘家走一走。

　　临上船回来，我们购买了一些土家风情纪念品，还买了清江
特产银鱼。由于清江中下游隔河岩、高坝洲两座大型水电站的建

成，形成 20 万亩水面。清江水质和环境特别适宜银鱼生长。清
江银鱼是从太湖引进的鱼种，成鱼体长一般在 90 ~ 200 毫米，
其最大体长达到 224 毫米。长阳清江银鱼肉味鲜美，肉质细嫩，
骨软无间刺，可整体食用；营养丰富，含丰富的蛋白质、脂肪、
碳水化合物、钙、磷、铁、烟酸等以及维生素 B1、B2，具有利
尿、润肺、止咳等功能。

　　回家的路上，夏令营的小朋友们总觉得没有看够长阳的山山
水水。同行的几个辅导老师就说：小记者们，长阳的山山水水是
看不尽的，将看到的美景写进自己的文章里，印在自己的心里，
细细品味，那就更加韵味无穷了。小朋友们笑了，一起唱起了山
歌：一呀个凤凰一呀个头，一呀个尾巴伸在姐后头……

三峡大坝科教游

　　正是人间四月天，学校组织了高二年级学生三峡大坝科教游。我和我的高二（23）班的学生们在 2009 年的春天出发了。

　　车行两个多小时，我们到达荆州博物馆。这是三峡大坝科教游之前的序曲。学生自由游馆半小时，也算是旅途休息。

　　荆州博物馆位于国家历史文化名城荆州城西门内侧，是一座

集陈列展览、宣传教育、文物收藏与保护、考古发掘与研究等多种功能于一体的地方性综合博物馆，为国家 AAAA 级旅游景区，占地 4.8 万平方米。以其优美的环境、丰富的馆藏文物和独具地域特色的文物珍品陈列，以及考古研究的丰硕成果而享誉海内外。1994 年，经国家文物局专家评选，该馆荣获中国地市级"十佳博物馆之首"的美誉。荆州博物馆配合各项工程建设，发掘出土珍贵文物 12 万余件。其中，有战国丝绸和吴王夫差矛，有战国秦汉漆器，有中国也是世界上最早的数学专著《算数书》和萧何"二年造律"的《二年律令》等汉初简牍，有迄今为止保存年代最久远、最为完好的西汉男尸。

上车又出发，直接到宜昌。解决午餐后，向三峡大坝进发。

三峡大坝是世界第一大的水电工程，位于西陵峡中段的湖北省宜昌市境内的三斗坪，距下游葛洲坝水利枢纽工程 38 公里。三峡大坝工程包括主体建筑物工程及导流工程两部分，工程总投资为 954.6 亿元人民币。于 1994 年 12 月 14 日正式动工修建，2006 年 5 月 20 日全长约 2309 米的三峡大坝全线建成。全线浇筑

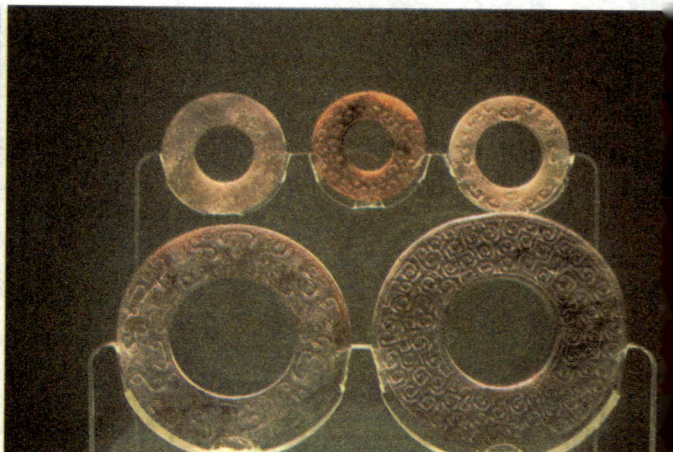

达到设计高程 185 米，是世界上规模最大的混凝土重力坝。三峡工程是迄今世界上综合效益最大的水利枢纽，除发挥巨大的防洪功能和航运功能外，三峡大坝左右岸还安装了 32 台单机容量为 70 万千瓦水轮发电机组，两台 5 万千瓦电源电站，其 2250 万千瓦的总装机容量为世界第一。三峡大坝荣获世界纪录协会世界最大的水利枢纽工程世界纪录。经国家防总批准，三峡水库于 2011 年 9 月 10 日零时正式启动第四次 175 米试验性蓄水，至 18 日 19 时，水库水位已达到 160.18 米。2012 年 7 月 23 日，三峡枢纽开启 7 个泄洪深孔泄洪，上游来水流量激增至每秒 4.6 万立方米。2012 年 7 月 24 日，三峡大坝入库流量达 7.12 万立方米每秒，是三峡水库建库以来遭遇的最大洪峰。三峡水库运行时预留的防洪库容为 221.5 亿立方米，水库调洪可削减洪峰流量达 27 000 ~ 33 000 立方米每秒，属世界水利工程之最。

远远望去，三峡大坝像一条长龙，横在长江之腰。我们只能远观，体会其雄伟，感受其气势。同学们纷纷在大坝前留影。不远处，看到不少的外国游客，他们也正忙着打开心爱的相机，拍摄最好的画面。

我们来到坛子岭。坛子岭景区是国家首批 AAAA 级景区，也是三峡坝区最早开发的景区，于 1997 年正式开始接待中外游人，因其山体形状酷似四川人做泡菜的坛子倒扣在山顶上而得名。其实这里也有着一个传奇的故事。相传当年大禹治水三过家门而不入，在神牛帮助下打通夔门，推开了 400 里水道，川江的百姓感激不尽，用巨舟载 24 头肥猪和一大坛美酒前来犒劳。行至三斗坪时，却见那神牛腾云而去，只在那高山上留下了个影像，后被百姓称为黄牛岩。那大禹也追踪神牛远行，遗留下了一尊巨石作

为纪念。人们深受感动久久不肯离去，令巨舟在江中守候，结果巨舟化成一座小岛——中堡岛。船上的肥猪则投入江中，变为 24 座礁石，而那坛美酒则放在了左岸，幻化成流传至今的坛子岭。据说，每逢晴朗天气，微风拂过，峰间江中，酒香阵阵，还真的令人心醉。

该景区所在地为大坝建设勘测点，海拔 262.48 米，是观赏三峡工程全景的最佳位置，是三峡工地的制高点，不仅能欣赏到三峡大坝的雄浑壮伟，还能观看壁立千仞的"长江第四峡"双向五级船闸，俯瞰三峡坝区的施工全貌，饱览西陵峡黄牛岩的秀丽风光和秭归新县城的远景。景区总面积约 10 万平方米。整个景区包括观景台、浮雕群、钢铁大书、亿年江石模型室和绿化带等，综合展现了源远流长的三峡文化，表达了人水合一、化水为利、人定胜天的鲜明主题。

　　三峡大坝截流纪念园，这是我们师生游玩的最佳场所。这是三峡工程完工后依势修建而成的。整个园区以高度的递增从上至下分为三层，主要由模型展示厅、万年江底石、大江截流石、三峡坝址基石、银版天书及坛子岭观景台等景观，还有壮观的喷泉、秀美的瀑布、蜿蜒的溪水、翠绿的草坪贯穿其间，放眼望去，静中有动，动中有静，仿佛置身于美妙的乐园。古老的木船，让你置身三峡那个遥远的岁月。巨大的工程车，大大的车轮内圈足以圈住三五个成人。时而溪水潺潺，时而喷泉汩汩，这其

实就是一座特别的纪念公园。

返回的车上，学生们争论着三峡工程的利与弊。他们说，利大于弊，可以防洪，可以发电，可以蓄水北调。但是，也有弊端，首先是安全问题，其次破坏长江生态平衡，湖泊水面缩减，海水倒灌，下游洄游水产濒危，还有可能诱发地震滑坡等地质灾难。听着孩子们的话，我知道，这一次出游，正可谓科教游，孩子们收获大着哩。

重阳登高塔市驿

正是重阳日，又是周末，我们七八个同事相约，去邻市的塔市驿登高。

塔市驿小镇是一颗璀璨的湘北明珠，位于长江之滨，华容县境北端，与我们小城仅一江之隔，是连湘鄂两省，是石首、华容、监利三县（市）交通要冲。塔市驿镇，更像一个婴儿睡在小墨山的怀抱里。

我们登高的目的地是小墨山。小墨山并不高，但对于隔江的我们，长年身处江汉平原，一见到山，已是一种兴奋了。

到长江对岸，得过鄢铺渡口，然后到达小墨山。长江的水位下降，渡口渡船难以行渡。等了一个多小时，我们分乘的两辆小车才最后上了渡船。上了岸，两辆车向小墨山疾驰。

秋日正艳，秋风未起，这是一个登高的好天气。中国人自古就有重阳登高的习俗，有些地方就直接将这个节日命名为"登高节"。我国古代把九定为阳数，农历九月九日，月日并阳，两阳相重，两九相叠，故名"重阳"，又名"重九"。汉末曹丕在《九日与钟繇书》中说："岁往月来，忽复九月九日。九为阳数，而日月并应，俗嘉其名，以为宜与长久，故以享宴高会。"

大诗人王维写有《九月九日忆山东兄弟》："独在异乡为异

客，每逢佳节倍思亲。遥知兄弟登高处，遍插茱萸少一人。"这让我们知道，重阳节是个登高节，更是一个思亲的节日。

将车停好，我们向山上进发。山路并不宽，我们走得也并不快，我们用不着走得快，我们寻找的是轻松的心情。迎面的阳光，偶尔的清风，啁啾的鸟鸣，一路的欢笑，我们卸掉了身上的疲倦，忘却了心中的烦恼。

"看，有野生板栗。"同行的松清叫道。果然，几棵板栗树杂生在树丛，树上的板栗大多已经成熟了，有些已经掉在了地上。毛茸茸的板栗果，用脚一踩，板栗核就出来了。老钟顽皮起来了，将手中的矿泉水瓶掷向果树，期望得到更多的果实，不料，果实没掉下，那瓶矿泉水却掉进了山沟。

山路弯弯，没有惊险，两边是成片成片密密的树林。几个女同事，像比赛似的叫着一些植物的名字，看谁认识得多。猛然想起，这一天是要赏菊的。重阳赏菊在我国古代早已有之。重阳时节，正值菊花怒放，魏紫姚黄，清芳幽香，给节日增添了无限的色彩。晋代诗人陶渊明是一位最狂的菊迷。他在隐居时经常"采菊东篱下，悠然见南山"。他常对菊自语："菊花知我心，九月九日开；客人知我意，重阳一同来。"到宋代，赏菊成为一时盛举。届期，无论皇室贵戚还是文人士子、小民百姓，都要赏玩菊花。文人士子们还举办社交宴乐性的菊花会，赏菊吟诗。我的眼睛在山上搜寻了半天，总算看到了几株野菊，小小的花瓣，却也艳艳地黄。有人唱"野百合也有春天"，我说，"野菊花也有她的秋天"。

走过一片如海的竹林，我们望见了一片又一片的果园。秋日正是收获的季节，早就听说了塔市驿的橘子，香甜，口感颇佳。今天，正好见识见识，品味品味。路旁的橘子是可以自由采摘

的，伸手可食。要想走到果园去摘，也没有人阻拦你。主人说，只要你有肚子吃得下，想吃多少吃多少。但如果要用袋子带走橘子，那当然得购买。

我们选好一片果园，问了女主人价格，请她帮我们摘橘子。她拿了剪刀，担着挑篓，下到了果园。想不到摘橘子是不能直接用手采摘的，用剪刀，才不会伤了它的枝条，来年的果实才会更多。感兴趣的几个同事也随着女主人进了果园，帮着采摘。松清、辉哥看见了路边的柿子树，和留下的静林、显红开始摘柿子。松清个子瘦，脱了鞋子，爬上了果树，摘下一个，就向下丢，由显红稳稳地接住。那树顶的，熟得更透，但够不着。显红在主人屋前发现了一个竹爪子，这不正是采摘柿子的工具吗？她们哈哈大笑起来，原来，是不用爬上树去采摘的。

我和燕妮在一棵果树下聊天。仔细看了看这棵树，只有一人多高，却结着两种果实，左边是橘子，右边是橙子。显然，这棵树是嫁接过的。我们倒觉得新奇起来。拿出手机，给这棵奇特的果树拍照。

我们快要离开果园的时候，又来了一批登山客人。他们也是自由地走着，随意地谈笑着。和我们一样，也是这一天出来登高，放松自己的。

满载着橘子下山，我在心里也笑着。诗人王维们登高时遍插茱萸，而我们呢，登高满载橘子。

下山到小墨山农庄，这是我们午餐的地方。这一天当然要饮酒的，要饮菊花酒。古时重阳节饮菊花酒之俗，汉代已经存在，《西京杂记》即载有此事。据说古代的菊花酒，是头年重阳节时专为第二年重阳节酿制的。在重阳时节，采下初开的菊花和青翠的枝叶，与黍米和在一起酿酒，酿成后一直保存到第二年重阳食用。《梦粱录》则说："今世人以菊花、茱萸浮于酒饮之，盖茱萸名'辟邪翁'，菊花为'延寿客'，故假此两物服之，以消阳九之厄。"俗说饮菊花酒可以令人长寿。从医学角度看，菊花酒可以明目、治头昏、降血压，有益人们的身体健康。重阳佳节，在登高赏菊之余，饮上一杯甘甜、健身的菊花酒，更增添了节日的情趣。

可是，没有菊花酒，只能以农庄主人的荞酒替代，也算是应了这一习俗了。

同行的老郭说要买一些野生板栗。吃过饭后，我们一同前往东山镇，那儿的人专门出售野生板栗。开着车，路况很好。辉哥说，这路啊，其实是为修建小墨山核电站而重修的。据说，小墨山开始修建核电站了，已经动工，如果建成了，平常人就不能进山了。但是，近段因为日本核泄漏事件的影响，国家发改委要重新审批。我接过了话，说："这个大动作现已暂停，或许，不能建成核电站，将是人类更大的福音。"

但愿小墨山核电站建设受阻，但愿我们明年仍然能在重阳到小墨山登高。

恩施大峡谷印象

  曾神游著名作家陈应松先生的博客，读先生的文章《恩施大峡谷记》，文字秀美，景色秀丽，让我神往。不久，几个去过恩施的朋友对我说，有机会你一定到恩施去看看，那里的大山巍峨，清江秀丽，土家妹子的歌喉一响，你就像丢了魂儿一样。

  于是，对于恩施，我总有一种崇敬之心，向往之情。

  机会终于来到。2012年初冬，我们一行7人赴恩施参加省德育年会。会后，我们一起走进了恩施的大山深处……

  如果说秀美的恩施是湖北省的旅游名片，那么恩施大峡谷无疑是恩施的一张名片了。

  11月28日早晨7点半，我们坐上了开往恩施大峡谷的旅游大巴。随车导游王健君，是个开朗善言的漂亮女孩。山路十八弯，恩施的美丽也就从她滔滔不绝的话语里弯了出来。

  介绍了清江，解说了土司，讲了女

儿湖，说起女儿会，能歌善舞的她唱起了土家民歌《六口茶》：

男：喝你一口茶呀，问你一句话，
你的那个爹妈（噻）在家不在家？
女：你喝茶就喝茶呀，哪来这多话，
我的那个爹妈（噻）已经八十八。
男：喝你二口茶呀，问你二句话，
你的那个哥嫂（噻）在家不在家？
女：你喝茶就喝茶呀，哪来这多话，
我的那个哥嫂（噻）已经分了家。
男：喝你三口茶呀，问你三句话，
你的那个姐姐（噻）在家不在家？
女：你喝茶就喝茶呀，哪来这多话，
我的那个姐姐（噻）已经出了嫁。
男：喝你四口茶呀，问你四句话，
你的那个妹妹（噻）在家不在家？
女：你喝茶就喝茶呀，哪来这多话，

我的那个妹妹（噻）已经上学哒。

男：喝你五口茶呀，问你五句话，

你的那个弟弟（噻）在家不在家？

女：你喝茶就喝茶呀，哪来这多话，

我的那个弟弟（噻）还是个奶娃娃。

男：喝你六口茶呀，问你六句话，

眼前这个妹子（噻）今年有多大？

女：你喝茶就喝茶呀，哪来这多话，

眼前这个妹子（噻）今年一十八。

合：呦耶呦耶吔呦呦耶，眼前这个妹子（噻），今年一十八。（耶）

　　车外有雾，雾中的青山若隐若现；车内有歌，歌中的土家妹也若隐若现。一个半小时的车程，轻轻松松，大峡谷就在眼前。

　　恩施大峡谷，被专家认为与美国科罗拉多大峡谷难分伯仲，位于长江三峡附近的鄂西南恩施土家族苗族自治州恩施市屯堡乡和板桥镇境内，是清江大峡谷中的一段。峡谷全长108千米，总面积300多平方千米。峡谷中的百里绝壁、千丈瀑布、傲啸独峰、原始森林、远古村寨等景点美不胜收。

　　自然景区主要由大河碥风光、前山绝壁、大中小龙门峰林、板桥洞群、龙桥暗河、云龙河地缝、后山独峰、雨龙山绝壁、朝东岩绝壁、铜盆水森林公园、屯堡清江河画廊等组成。其中两座位于一炷香石柱旁的山峰于2012年4月22日命名为迪恩波特双子峰。它也是湖北恩施腾龙洞大峡谷地质公园的一部分。

　　这里的峡谷山峰险峻，山头高昂，有仰天长啸之浩气；谷底

的清江水质清幽，令人有脱胎换
骨之感受。沐抚大、中、小楼门
6 平方公里的范围内就有 200 米
以上的独立山峰 30 余座；静水
清江，虹桥卧波，青山倒映，让
人产生海市蜃楼的幻觉；沿清江
乘船顺流而下，云雾缭绕，白鹤
翩跹，情景交融，仿佛置身于浩
渺悠远的世外天地之间。

　　峡谷口天梯是进峡谷的必
经之道。这天梯，真如天梯一
般，给了我们一个"下马威"。
那天梯，傍山崖而建，与地几呈
直角，直入云霄。我们拾级而
上，刚走了几十步台阶，有同伴
已是大汗淋漓，有人直呼"上不
去了"。跑在前头的我们忙着为
他加油。走一会儿，歇一会儿，
好不容易才上到平台。那年轻的
导游，早就在前头笑呵呵地等着
我们了。她早已习惯爬山了。

　　映入眼帘的是一片石林。见过云南石林，那磅礴的气势，正
如大家闺秀，而恩施的这片石林，苗条秀美，当然就是小家碧玉
了。一片石连着一片石，那矮小些的，像是连体的姐妹；那雄壮
些的，像是共同抗击外侮的英雄。那石林里，当然有一些看什么

像什么的了，什么老虎望月，什么夫妻同心一类的名字。

一路上，满眼是不知名的树木野草。因是初冬，没见着花儿，也没听到鸟鸣，倒是景区小广播里一路飘飞着土家山歌，打破了些许沉寂。

平日里不走山路的我们总是觉得有些吃力，正抱怨着。这时，我们遇到了一个背着一袋水泥的山民。山民 40 多岁，水泥 100 多斤，水泥压在他的背上，他仍然一步一步地向上行进着。见了这情景，我们不由得加快了脚步，掏出相机，给这位山民拍下了一张照片。

走过只能容一人通过的"一线天"，我们来到了绝壁长廊。绝壁长廊，又叫"绝壁栈道"，始建于 2007 年 10 月，全长 488 米，118 个台阶。位于海拔 1700 余米、净高差 300 余米之绝壁山腰间，修建历时一年零八个月。该工程既汲取了巴蜀古栈道营造法，又结合现代钢筋砼施工之先进工艺，科学安全，大气壮观，凝聚着当代开发创业者的勇气与智慧。沿着栈道游览，一路可以欣赏大武陵风光。但是今天大雾迷茫，看不到那清晰秀丽的山景，倒是多了一些朦胧之美。我们像在仙境中一样，都成了仙人。选好几个景点，匆匆照了几张照片。绝壁栈道共有七道弯八道拐，寓意是：路七弯八拐，心始终如一。歌曰：

> 北斗七星有七斗，
> 绝壁栈道有七抖；
> 经过一番惊吓后，
> 人生道路手拉手。

经过巴王冠，这是像巴王帽子的一座小石群，我们忙着照相，都想做一做巴王了。

走走停停，又看了火炬石、鳄鱼石、相思石，然后，看到了大峡谷迎客松。这迎客松也叫鞠躬松，是恩施大峡谷的五大奇观之一。在喀斯特地貌里，有绝壁者无峰丛，有峰丛者无绝壁。而在这里兼而有之，不得不说是个奇迹。黄山的"迎客松"，天下闻名，迎客松是张开双臂笑迎天下游客。大峡谷这棵松却代表我们好客的土家族、苗族人民向远方的游客深深地鞠个躬，既表示欢迎，又代表恭送。

我们正叹息着雾大，看不到更美丽的景点时，好几座山横在了我们前方。导游说，到了最著名的双子山和一炷香。一炷香，高150余米，最小直径只有4米，此地的岩石的抗压强度是800千克每立方厘米。"一炷香"，风吹不倒，雨打不动，傲立群峰之中千万年，守护着这片神秘的土地。近观犹显其威武的雄姿，俨然成了大峡谷中的镇谷之宝。

相传，这根石柱是天神送给当地百姓的一根难香，如遇灾难
将它点燃，天神看到袅袅青烟，就会下凡来救苦救难，所以当地
百姓称它为"难香"，这难香又长又细，晴空万里时，一朵白云
叠在峰顶，远远看去就像天上的香火，宛若仙境；阴雨天气时，
升起的一层薄雾，就像一缕青纱，将它打扮得若隐若现，妩媚动
人。我曾在陈应松先生的文章里读到：

> 两山相对，如掰开之豆荚。如双帆高悬，二峰骈
> 立，如此对称，宛如人为。有此神工，造化达极。呜呼！
> 绝境又通烟塞，山中又有新途。再前，但见一峰突起，
> 云雾飘来，峰似桅杆。正惊呼时，其夹缝中还有一峰，
> 更是怪异，云崖飞渡，摇摇欲坠，其细如一深秋荷梗，
> 支其无力，惊世骇俗。这便是稀世奇峰一炷香。

我谓一炷香道：

> 山之坚贞不拔，非凡人所想象。最细处仅 4 米，高
> 百 50 米，却屹立万年不倒。其骨骼铮铮，风雨难撼，
> 冰雪难欺。一峰孤出，立于云表，心有雄志，不弃不
> 毁。苦难寂寥，奈我若何？其躯之弱，危如累卵。其脊
> 之韧，令人惊魂！世有万山，独我昂昂。锋锷之拙朴，
> 却锐利有刃；身廓之逼仄，却擎天有根！

一炷香后，还有玉笔峰、玉女峰、玉屏峰、拇指峰、孤峰等
峰之奇观，或如笔，或如女，或如母子，或如拇指。步步景色，

无有赘复。常细雨滴落，化为云雾，飞云聚散组合，山岳时隐时现，如魇似幻。渐至孤峰时，天色大开，视野辽阔。往山下行，再回首，群峰狰狞，山壁如墙，门牖全闭，高不可攀，拒人以千里之外。感觉此行游历似不可信，从何路而出？群山如茧，全无阙处。金峰玉屏，穹崖嶔石，已不是沿路所见景色，消隐无踪。

我们又看到母子情深景点。那石，像一个土家女子抱着一个婴儿亲吻着脸蛋。这深情的一吻，见证了天下母爱的伟大，这幅大自然的杰作就是一座摇篮曲的雕塑。

旅游高潮已过，有不少同伴觉得疲倦了，就坐了电梯下山。我们还有四个人，倒显得精神，一路说笑着，走下山去。购得竹酒一筒、茶叶几袋，这些是恩施特产，也算是此次大峡谷之行的纪念吧。

腾龙洞探幽览胜

腾龙洞是恩施的又一张名片。

全国人大常委会原副委员长王任重题写了"腾龙洞"洞名；

湖北省委原书记关广富为水洞挥笔题词：卧龙吞江，天下奇观；

中国作家协会原副主席冯牧挥毫泼墨：登山当攀珠峰，揽胜应探腾龙。

腾龙洞风景名胜区，距利川市区6公里，景区总面积69平方公里，集山、水、洞、林于一体，以雄、险、奇、幽、秀而驰名中外。该洞洞口高74米，宽64米，洞内最高处235米，初步探明洞穴总长度52.8公里，其中水洞伏流16.8公里，洞穴面积200多万平方米。洞中有5座山峰，10个大厅，地下瀑布10余处，洞中有山，山中有洞，水洞旱洞相连，主洞支洞互通，无毒气，无蛇

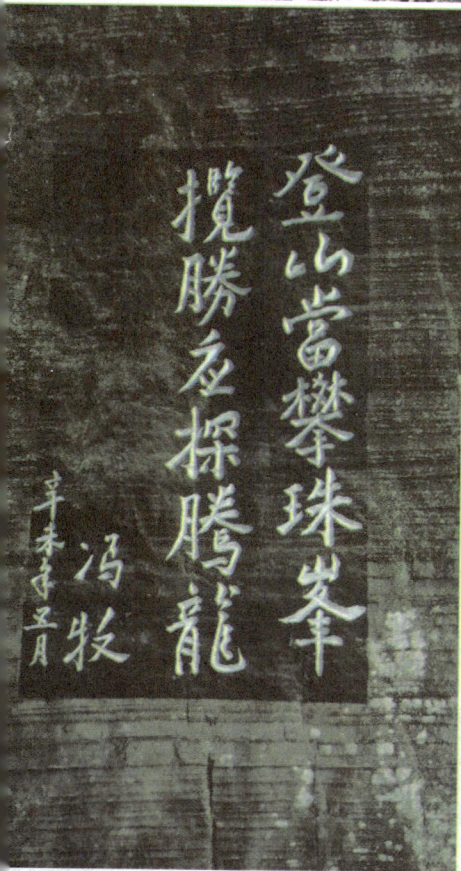

登山當攀珠峯

攬勝必探騰龍

冯牧

蝎，无污染，洞内终年恒温 14℃～18℃，空气流畅。

1988 年，经 25 名中外洞穴专家历时 32 天实地考察论证：腾龙洞是中国目前最大的溶洞之一，世界特级洞穴之一。旱洞全长 59.8 公里，洞口高 74 米，宽 64 米，为亚洲第一大旱洞，水洞则吸尽了清江水，更形成了 23 米高的瀑布，清江水至此变成长 16.8 公里的地下暗流。神奇的是，水旱两洞仅一壁之隔。

我们决定去腾龙洞探幽。我们包了一辆面包车，司机姓刘，朴实的恩施汉子。他替我们联系了利川的导游，买好了门票。

到了利川，我们吃了顿饭，来到腾龙洞。洞前有洞，洞中供奉着一尊纯白的佛。这是另外一个景点了。

还没有进入腾龙洞，已经听见潺潺的流水声。越走近，水声

越大。近了，震耳欲聋。

洞中景观千姿百态，神秘莫测。洞外风光山清水秀，水洞口的卧龙吞江瀑布落差 20 余米，吼声如雷，气势磅礴。游客能舒适地享受中华第一溶洞绝妙景观，观赏到大自然鬼斧神工的神奇造化。

目前洞内已建成全国最大的原生态洞穴剧场，每天都以一场高水准的大型土家族情景歌舞《夷水丽川》，让游客感受土家民族的动人传说。景点还将旅游和现代高科技相结合，推出了全国最大的洞中梦幻激光秀，让游客置身于变幻莫测、空旷神秘的梦幻世界。

腾龙洞景区由水洞、旱洞、鲤鱼洞、凉风洞、独家寨及三个龙门、化仙坑等景区组成，整个洞穴系统十分庞大复杂，容积总量居世界第一，是中国旅游洞穴的极品，2005 年 10 月被《中国国家地理》杂志评为"中国最美的地方"。

就要告别恩施了。有同伴说："要是夏天来恩施就更好了，夏天的恩施山更青，水更绿。"我想了想说："初冬时节，恩施的山水褪去了华美的外衣，我们看到的是她原生态的美呢。"

畅游北京笔记录

2009 年 4 月 16 日

　　欲赴京，乃应中国现代文学馆之邀，参与"中国小小说 50 强研讨会"。专家错爱，余幸而忝列中国小小说 50 强，为吾出版小说集《阳光爬满每一天的窗子》且有报酬，书列入中国现代文学馆。

　　中午乘车至武昌，购小吃一二，于外候车。晚九时九分 Z12 火车，直达北京。晚七时许入候车室。室内不及节日之时，无人

山人海之势。武昌站，新建也，大气，有直入云霄之力。晚八时四十分，车站始呼客上车。之前时有站内人员怂恿特别候车，交费十元。吾只一包而已，纵十万大军，亦不惧矣。不理。上车，硬卧，11 车 01 号，未几即得。对面相遇者，天津小伙，来汉学习十余日，今日回京。交谈数句，亦觉无言，吾购书一，为蒋氏秘闻。蒋氏者，介石中正者也。

2009 年 4 月 17 日

晨七时五分，车准时入北京西站。之前已知燕妮丁君返京。丁，吾旧日上届同学，与吾交往多次，熟，今于北京发展。临下车，她电我。她事多，我无意相扰，且言已安排，拒。于北京西站，留影。此为吾于京城首张照片。乘公交，再换乘，欲至八达岭长城。与黄佳丽约好。黄，中国政法大学大一学生。黄又约吾另一弟子纤夫何者至。何，本校楚亭诗人之公子，首都师大学生，多腼腆之色。巧也，二生同上吾乘之公交，遂同往。

师生三人，同游世界奇迹之八达岭长城，快哉！黄佳丽与何纤夫，前为女子倒大方，后为男子亦羞涩。边走边说，时而拍照。不到长城非好汉，吾已登城，成好汉耶？佳丽之学校在昌平，故吾等言至昌平聚餐，由吾买单。且言，生大学毕业之前吾币之，后，生与之。找一四川小馆，饱餐一顿。有酒盈樽，与生共饮。

赴明十三陵。十三陵，明时十三帝之陵墓。吾先于网上查知路线，黄言她亦知。顺她，不想皆错。再依吾言，至定陵。定陵，明朝享国最久帝王明神宗显皇帝朱翊钧之陵墓。定陵于万历帝生前始建，历时 6 年方完成，耗银八百万两。陵墓建成帝只 28 岁，至 1620 年方启，闲置达 30 年之久。其，典型荒淫怠惰之君主。城内面积约 18 万平方米。清梁份《帝陵图说》对外城描述："铺地墙基，其石皆文石，滑泽如新，微尘不能染。左右长垣琢为山水、花卉、龙凤、麒麟、海马、龟蛇之壮（状），莫不宛然逼肖，真巧夺天工也。"又谓："覆墙黄同瓦瓦，刻砖为斗拱，檐牙玲珑嵌空，光莹如玉石。甲申之变，寸寸毁之，而不能尽毁也。"外罗城仅前部正当中轴线位置设宫门一座，即陵寝第一道门。其制，黄瓦、朱扉、设券门三道。昔日坚强如斯，今人亦开。进入地宫，阴森逼人。好在物多仿造，亦不惧矣。于定陵，知有风水之说，并非虚妄。

又乘车至长陵，言为最完整之未开启之陵墓。有私车送吾等。至，门已关，只在外逗留十余分钟，返。司机者，郊区一农民也。上午种地，下午开车。与吾等谈，甚健不慌。真乃北京之特色也。返，佳丽言非得宴吾。只得前往，选其校旁小馆，不想仍费其币近百。心痛之。后与佳丽短信：为师之幸福也。其回：想起昔日之事，理应如此。昔日，其高考语文得 130 分，为监利高考语文之状元。

与纤夫回城。其送吾至地铁口，回校。吾乘地铁至王府井。

吾思明晨观升旗礼之事。天安门升旗，何其神圣！听人言，多有人为观升旗昼夜未寝者，吾何不仿效之。为心中之神圣，故作此决定。颇早，独至王府井，观风景，吃小吃。王府井，北京之最闹之步行街，游人如织，略不停息。为小菡选定礼物，未能购得，思此时购，只增负担耳。又，独至天安门广场，已戒严，只于远处偷窥一二。广场之广，似乎无穷；天安门城楼之巍峨，似入云霄。照相些许，又返街闲逛。夜色漫漫，黑夜长长，略无怨言，只为心中之神圣矣。

2009 年 4 月 18 日

晨二时许即赴天安门广场，已有百余人。仍有警在侧，人不得入。返，于过道阅报，一遍，再遍。时虽漫长，亦不觉累。言，比之冬夜不眠候升旗者幸运千倍！四时多，又入。有人于场外始列队。余自然加入。队伍，已有二三百人矣。未几，人纷纷而至，皆如从天而降。又有小学生二三百至。小学生，不过六七八岁，时有吵闹之声发出。四时半，列队入场，于天安门旗台面前站立。吾立于前排，看来益处凸显矣。立于后者，多发叹息之声：不能观，观不到耳。吾心中益喜。夜色未尽，多有人照相，只旗杆矣。人纵如蚁，亦不慌乱。心中皆焦，亦不多言。才五时许，广场上已布满人影。夜色渐明，似见升旗手，忽而又逝，想是梦中一般。近六时，天稍明，路灯亦熄。众人心知，将升旗。屏息而待，神圣至极。似听自己心跳之声时，一白刺刀闪现眼底。国旗护卫队入场。有二十余人，从天安门城楼里走出。虽远，亦觉其精神焕发。镁光此起彼伏，争相拍照。余之相机，为 2008 年暑假之时赴日本所购之日本正宗索尼，效果特佳。旁人颇羡，吾心更扬。国歌嘹亮，响彻天宇。长安街有车有人经过，皆停，肃穆而立。三遍国歌，止。

旗上杆顶，众人如潮水般散去。吾知，此为观毛主席之遗容也。参观主席纪念堂，不可携任何物品。有包须存，多有人有导游，故能早而排队。吾寻存包之处，方知尚早，未上班。心中甚急，真想弃包而列，生怕观主席不得。但亦无法，只得空待。用此时间，又细观天安门城楼，细窥人民英雄纪念碑，远拍人民大会堂。时时，邀人为我拍照。七时多，存包处有人来，急存，速入队伍之中，观首尾，如龙矣。候，约两小时之久，方见人龙松动。再察人龙，均不见首尾。吾，队首一员。队首，一万人之后罢。近十时，余方至纪念堂之前。此时先查身份证，再安检。有打火机、钥匙均搜出。人皆脱帽，神色肃穆。至门前，纪念堂前

有售书者，一元而已；有花售，三元一支。参观纪念堂，本是免费，不想又有此动作。一日几万人，收入几何？吾言多矣。进门，有主席坐立汉白玉雕像。侧身而坐，精神抖擞。献花者上前；有人耳语，主席何在？不几步，入后堂。见主席遗容。水晶棺内，容光焕发。四周鲜花，与老人做伴。只几秒，出来门外。

只几秒，了却心中夙愿，余终见主席之遗容！此愿，乃全国人民之共愿也。

取包，约10时赴故宫博物院。

故宫，中国明、清两代（1368—1911年）之皇宫，依古代星象学说，紫微垣（即北极星）位于中天，乃天帝所居，天人对应，是以故宫又称紫禁城。明代第三位皇帝朱棣取帝位，迁都北京，公元1406年始营造，至明永乐十八年（1420年）落成。1911年，辛亥革命推翻清王朝，1924年清逊帝爱新觉罗·溥仪被逐出宫禁。在这前后500余年中，共有24位皇帝曾在这里生

活居住。

城内宫殿建筑布局沿中轴线向东西两侧展开。紫禁城前半部（南半部）以太和殿、中和殿、保和殿三大殿为中心，东西辅以文华、武英二殿，统称为"外朝"，是明、清两代皇帝办理政务、举行朝会及其他重要庆典的场所。后半部（北半部）以乾清宫、交泰殿、坤宁宫为中心，左、右为东、西六宫，后为御花园，分别为皇帝、皇后、妃嫔们的寝宫和活动场所。此外，东有皇极殿、宁寿宫、养性殿、乐寿堂等，习称外东路，为皇帝退位后生活所建。西有慈宁宫、寿康宫、寿安宫等建筑，习称外西路，专供皇太后、太皇太后、太妃、太嫔等起居之用。皇子们的居所原在东、西六宫之后，称东、西五所，后迁至宁寿宫之南，称南三所。所有后半部统称"内廷"。清代雍正之后，皇帝移居养心殿，乾清宫改为接见外国使臣场所。乾清门外东有九卿房，为九卿值班处；西有军机处，为军机大臣值班处。养心殿位于西六宫南，

为皇帝日常办公地，同时在此召见臣僚。与之相对称为奉先殿，供奉祭祀祖先处。紫禁城宫殿，中国现今保存最完整、规模最宏伟之古代宫殿建筑群也。

1987年被列入《世界文化遗产名录》之故宫，红墙黄瓦，画栋雕梁，金碧辉煌。殿宇楼台，高低错落，壮观雄伟。朝暾夕曛中，仿若人间仙境。

只用半日看故宫，短矣，短矣。

下午，至中国文学馆报到。报到地点在樱花宾馆。至，众人正用餐。主办者长梅高老师问："振林，你昨日就到，何往？"吾笑言："升旗，故宫……"忙向众人介绍我。同座者，高长梅君，凌鼎年君，沈祖连君，黄克庭君，以及赵文辉、金波、安庆等。又有年轻小伙来为我敬酒，乃少年英雄游睿兄弟也。

后，与中学、刘正权、李国新三人到鸟巢、水立方，拍照几许，回。

晚餐，又识谢志强、周海亮、纪富强、蔡楠、徐均生、徐全庆、高海涛、乔迁、周波、郁葱等多位高手。

步行至中国现代文学馆，晚七时多会议"倾听桃花开放的声音——中国小小说之夜"暨"中国小小说50强研讨会"开始。之前自由拍照。

中国作家协会党组成员、中国作家协会副主席、中国现代文学馆馆长陈建功，茅盾文学奖得主、作家周大新，著名作家、中国散文学会副会长兼秘书长王宗仁，《小小说选刊》主编杨晓敏等出席了活动。"中国小小说50强"的作者、小小说作家代表及北京新华首都发行所、西单图书大厦、北京当当网等出版发行界朋友80余人参加了活动。会议有一节目是作家朗诵自己作品，共四人，吾为其中之一。吾选作品《一路的爱》，乃一细节显现人物之写法。后由作家点评，中国作协副主席陈建功先生与吾交流。会后，又是一阵合影。吾与陈建功副主席合影。有人相约出去喝酒，吾回宾馆，倒头就睡。盖昨日太累之故。

2009 年 4 月 19 日

与钟祥刘正权兄住室。累故，我睡而未醒，正权早已起床。晨七时半，醒，早餐。有生约我。会议地点正对面乃对外经济贸易大学，有吾生张依，大四矣。张依，吾师道宏之女也。她约我前往北大清华。清华，更有高足邓新翱，大一新生也。约好，一并赴清华园。清华秀美，果然如此。在其标志性建筑"清华园"前留影。

赴北大，言校内今日有事，不准入。外观几分钟，返。又赴圆明园，乃吾之提议，大水法是中国人必看之景观。坐车至东门，购票进入。行不多远，见大水法，心多感慨。留影一二，不想多观。倒有一迷阵，还有些情趣，多几许笑意。

燕妮丁君相约，于五道口同宴。共赴五道口汉拿山。五道口，多外国人之处也。汉拿山，为韩国之最高山，想是韩式饮食了。另宴者，一美女记者，号一丁者也。宴毕，燕妮与吾合影。

张依陪我购返程火车票，明日晚 Z11 次。又送我至雍和宫，方返。且言：老师，归时发消息于我。吾心叹之，此女心之细也。

雍和宫渊源深长。清康熙三十三年（1694 年），康熙帝在此建造府邸、赐予四子雍亲王，称雍亲王府。雍正三年（1725 年），改王府为行宫，称雍和宫。雍正十三年（1735 年），雍正驾崩，曾于此停放灵柩，因此，雍和宫主要殿堂原绿色琉璃瓦改为黄色琉璃瓦。又因乾隆皇帝诞生于此，雍和宫出了两位皇帝，成了"龙潜福地"，故殿宇为黄瓦红墙，与紫禁城皇宫同。乾隆九年（1744 年），雍和宫改为喇嘛庙，特派总理事务王大臣管理本宫事务，无定员。其实，雍和宫乃全国规格最高佛教寺院。参游者多外国人。更奇者为专业朝拜者，其虔诚样式，余心不忍也。

中华人民共和国名誉主席
宋庆龄同志故居

　　出，寻访国子监。先一祖传四合院，言免费，进，有一抱佛脚和"猴精"之说，颇受欢迎。不想人说，请购 10 元票，众散。此为国子监街，请人为吾照相。经孔庙，关，只拍门牌。至国子监，晚矣，只得在外观看一二。又有四合院，拍摄几张。

　　坐车至后海，欲观老北京胡同。什刹海，游荷花步行街，见二三老者在外吹拉弹唱，见夫妻二人对踢鸡毛毽，见老人

"卖——报——"声音之铿锵，见小孩子随意户外练柔道，见老艺人吹糖人，见小贩叫卖"冰糖葫芦——"，见古色古香的人力车夫……更引发吾观北京胡同之兴趣

随意走，吃北京小吃，赏胡同夜景，清静自己，不亦快哉！天黑，寻旅馆，觉不适。得一网吧，入。

2009 年 4 月 20 日

早起，出网吧。想亲睹后海老北京之风采。过烟袋斜街，漫步什刹海，至后海。

早，游人罕见，多晨练之人。有学生骑自行车过，口中念念有词，盖文言诗文，不意京城亦有此好学之生也。时有绕后海跑步者，有老有少，神采飞扬。更有"啊——啊——"之声不绝于耳，乃吊嗓子也，常有旁若无人之状。水面如镜，水汽雾起，阳光新鲜，绿树影入。行，如在画中。过和顺府，过宋庆龄故居，过明珠之子纳兰性德之"云起"居，方知，此处乃人长住之佳境也。纳兰性德，清朝之大才子也。门前有树，树冠如盖，如才子之风采。有诗成碑，云："阶前苍木起，昂然高树秋。绿云重情义，悄立待归州。"

有人力车夫经过，想是要揽生意。吾自得其乐，且行且停。若得车，岂不失趣？慢行至一小馆，叫上一碗羊杂汤，来一份火烧夹油饼，解决早餐问题，亦体验老北京风味。穿行于大小胡同之中，倒也快哉！人言，到北京看胡同，后海为最佳。常迷路，问路人，皆告之，多热情。过郭沫若故居，请人拍照。郭，大文豪也；留影，期得其灵气一二。知后海边有一著名景点，乃恭王府。恭王府，和珅之府也。于此拍热剧《还珠格格》后，游人更甚。购票入府，方知其大也。最大之房舍，藏宝纳贝之处也。昔，和珅居高位，财物胜国库，不想终呈嘉庆帝，亦乾隆之妙处。不时有奇花异草入眼，甚觉舒畅。进和珅戏园，听戏两段。戏园，据说有多水缸规则埋于地，为传声之故也。入其后花园，比之前

所见故宫之御花园，过之矣。送子观音石，真送子也。观月台，真邀月也。更有康熙手书之"福"字，号称天下第一福。此"福"字，集"子""才""寿""福"于一体，昔康熙为孝庄所书。阴体，价值更甚。入园者，皆得摸"福"字一下。恐多触，字形散，故外用玻璃盖之，吾等只摸其盖也。多有购"福"字艺术品者，或书法挂之，或小字刻之。余亦币其几许，意赠家人也。

步行出，转车坐地铁至天坛公园。曾想至地坛，看看史铁生所书地坛之母爱。人说，地坛不如天坛，地坛只一二景也。思，史之母爱，是人之心也，吾等难体会之。入天坛，游人众。时有人运动，见外国人踢毽，见老人们互唱，见小儿们游戏，颇具情趣。过九曲回廊，至祈年殿。祈年殿，明清皇帝祈祷人寿年丰之所也。楼宇高耸，气势磅礴。多有物件陈设，但人不得入。至回音壁，试音，果如此。登圜丘，做帝王之状，亦神圣也。

午至王府井步行街，小吃一顿。购物几许，多北京特产食物。又购布拖鞋及手镯等，回家之礼物也。稍坐，坐车至北京西站。知黄佳丽赴西安其父母处，候车室与吾同。交谈几句，别。晚九时火车，上车，遇武汉刘仕霜及黄石老教师夫妇及一外教。多有谈话，言，此有三教师也。仕霜小妹与我多谈。其，开朗阳光之女孩也。下车，与之合影。

坐 21 日晨七时四十分车回家。

略有倦意。阳光灿烂，心亦灿烂！

北京北京等着我

银锭桥两旁的荷花香

醉倒了多少个帝王将相

我和谁结伴去哪个方向

都改不了嘴边的一撇京腔

你捉迷藏的那小伎俩

被看穿的是慈祥的老城墙

糖葫芦的冰沾一圈儿在嘴上

捕捉旧时光⋯⋯

　　自小对北京就有一种神往，唱着"我爱北京天安门……"长大，后来在书本上知道了关于北京的更多逸闻，我就常常在心里想，什么时候我能上一趟北京啊。在我 36 岁这年，受中国现代文学馆之邀，我到北京参加"中国小小说 50 强"研讨会。于是，就有了这次北京之行。

　　在北京待了四五天，走马观花地看了几个地方，记下了几千字的日记，那是我的行程和感受。在北京，我与学生同登长城，游十三陵；凌晨早起看升国旗，然后列队三小时瞻仰毛主席遗容，了却心中夙愿；在故宫博物院自由穿行，感受昔日的帝王生活；进清华园，叹圆明园；逛王府井，吃天下小吃；漫步什刹海后海，体验老北京胡同；进和珅恭王府，参拜雍和宫，游览天坛，留影祈年殿。虽四五天，然自觉感受颇丰。

　　北京人好客，给我留下了最好的印象。你问路，他会不厌其烦地告诉你，如果有时间，他会将你带到你想去的地方。北京人是热情好客的，他们总是一副笑脸，他们见了外国人也会"Hello"地打招呼。即便是路边停靠的所谓的黑的士，他也不会乱杀你的价。我在十三陵坐过一黑的士，师傅是郊区的农民，上午种地，下午开了自家车出来跑跑。我又叹服他们的理财之道了。

　　北京人是真正过生活的那种人。我在什刹海漫步时，常会看到有人绕着湖跑步，有老有少，谈笑自在。即便在北京大街小巷，你也会很随意地看到打着太极拳的老人，练柔道的父女，踢着鸡毛毽的夫妻，时不时来一声"啊——啊——"的吊嗓子的妇女，自由拉着二胡的盲人，戴着老花眼镜和黑礼帽"卖报——"一声声叫唤的长胡须老人。这些，自然而然地成为了北京城的一道道风景。当然，还有更多的美女，你看她，她也看着你，看谁的耐力大。也还常有的事是，一个大酒店的老总，不想竟是个十六七岁的小女孩，而在街头和你杀上一盘象棋的老者，说不定是个正部级高官哩！

北京这座城有素养，品位高。不要说巍峨的长城，雄伟的人民英雄纪念碑，也不要说恢宏的故宫，热闹的王府井，就说那红红的老城墙，还有那横七竖八的老胡同，你也会感受到北京的特别，领略北京的神采。要知道，她的每一粒尘土，甚而每一丝空气，都曾经从那些帝王的身边飘过。我曾给不少人说，孩子们要是上大学，你考不上北京大学、清华大学，但你一定要考上北京的大学，因为在北京，你可以有真正的人文熏陶，拥有更开阔的眼界，拥有更宽广的人生舞台。这样，我们就不难理解，那些北漂族宁可箪食瓢饮简居北京的原因了。

如果说微笑是新北京的名片，那么老北京的名片就是胡同了。有一首歌中唱："不唱那辉煌的故宫，也不唱那雄伟的长

城，单唱这北京城里的小胡同。有名的胡同三千六，无名的胡同数不清……"汪曾祺老先生在《胡同文化》一文中写到了老北京胡同的悲苦，因为它们要走向末路了。我沿着后海转了一圈，真有汪老说的那样。但好多的地方又重新在修建胡同，这修建的胡同，给外地人看还是有一种新鲜感的，究其文化价值，怕是要失落大半了。

游玩了几天，见到不少的旅游团队，团队里大多是老年人。我就常在心中想，什么时候，我能将我的父母亲也带到北京来，和他们在这儿转上几天？或许会有这样的一天吧。

北京，等着我，我还会来看你的。

西行快记

　　中国的西部是一个神性的地方，一直以来，我心向往之。又是一年高考之后，2012 年 6 月 12 日，一行 30 人在阳光旅行社廖总的带领下，开始了愉快的西部阳光之行——青海双卧六日游。

　　我们的主要目的地是"中国夏都"西宁这个无与伦比的高原之城。到了武汉离上火车还早，我们就游览了东湖，在美丽的东湖岸边留影，在传奇的九女墩旁谈心。下午四点多的 K624 火车，从武昌首发，经孝感、广水、信阳、驻马店、西平、漯河、许昌、郑州、洛阳、义马、三门峡、灵宝、渭南、西安、宝鸡、天水、兰州、海石湾，沿途尽览平原秀色、峡谷风情、高原风光，26 小时之后到达西宁。

　　当地导游小李，有个很文化的名字，李骅默，很爱笑的一个女孩，像极了我的学生邵阿芳。爱笑，这也应该是导游的一种气质，或者说一种工作方法吧。她安排我们进晚餐，立即有好喝酒的老何说，得买青海的青稞酒来喝，一瓶酒，220 元，一桌的人

都品尝了味道。入住酒店之后，几人一组，到西宁城最热闹的地方十字街看了看。确实，最热闹的地方也不及我们的小城。西宁人少，不过240万人；而我们的小城，居然也有近150万人了。

—

大美青海，魅力西宁，最美丽的地方当数青海湖了。第一天我们直奔青海湖。

途经丹噶尔古城，我们下车去看看。丹噶尔古城位于青海省湟源县，地处黄河北岸，西海之滨，湟水源头，距西宁市40公里。被誉为"海藏咽喉""茶马商都"。丹噶尔，即藏语"东科尔"的蒙语音译，意为"白海螺"。黄土高原与青藏高原在这里结合，农耕文化与草原文化在这里相交，唐蕃古道与丝绸南路在这里穿越，众多民族在这里集聚，素有"海藏咽喉""茶马商都""小北京"之美称。

　　丹噶尔古城现存的一座洋行——英国人办的仁记洋行，它是旧中国外商在湟源经商的历史见证，可见当年的辉煌。清代嘉庆、道光年间，丹噶尔古城商贸鼎盛，年交易额达到白银300万两，是当时西宁府贸易总额的六七倍，英、美、俄、比利时等国商人，京、津、晋巨商大贾，纷纷前来此地设立洋行，驻庄经商。有名的洋行有新泰兴、仁记（英）、平和、怡和、居里、瑞记（美）、美最斯（俄）、瓦利（土）等。它们主要从事青海羊毛的收购贩运，在国际市场赚取丰厚的利润。

　　最有趣的是审案，我也戴了个官帽，参与其中。

　　匆忙中又上路了，向青海湖进发。行走在青藏公路，沿途两旁都是山，或高或低，像两两长长的世龙偎依在我们身旁。经过倒淌河，这条河，与其他的河流不同，它是自东向西流的。导游小李说，当年的文成公主从长安远嫁吐蕃，不舍亲情，泪水汇成

了这条河。旅游车继续向上攀爬，这是在翻越日月山，这时的海拔已经是3000多米了。没多久，两旁的高山离我们的车远了些，让出了些平地。我们的视野里出现了成群的牛羊，这应该是草原了。水草并不茂盛，不少的地方甚至是戈壁滩的样子，但是，那些牛羊，努力地扎下自己的头，啃着属于自己的不多的青草。有成片的草地被人开垦过，那是种了油菜。"再过一个多月啊，这里的油菜花开了，遍野的金黄，那才叫壮观呢。"导游小李向我们介绍。我在心里想，她应该没有见过平原的油菜地，大片大片的金黄，那才真是壮观哩。不时有牧民的蒙古包从车旁闪过，让好奇的我们看不清牧民们的生活。渐渐地，我们的视野越来越开阔，蓝天白云也越来越分明。

青海湖就要到了。

1000多年前，唐蕃联姻，文成公主远嫁吐蕃王松赞干布。临行前，唐王赐给她能够照出家乡景象的日月宝镜。途中，公主思念起家乡，便拿出日月宝镜，果然看见了久违的家乡长安。她泪如泉涌。然而，公主突然记起了自己的使命，便毅然决然地将日月宝镜扔出手去，没想到那宝镜落地时闪出一道金光，变成了青海湖。还有的说，是当年东海龙王最小的儿子引来108条湖水，汇成这浩瀚的西海，因此他成了西海龙王。还有说是当年孙悟空大闹天宫，被二郎神追赶到这里，二郎神非常口渴，就发现了这个神湖。

其实，青海湖又名"库库淖尔"，即蒙语"青色的海"之意。它位于青海省东北部的青海湖盆地内，既是中国最大的内陆湖泊，也是中国最大的咸水湖。由祁连山的大通山、日月山与青海南山之间的断层陷落形成。

　　远远望去，那青海湖就像块大大的青绿的翡翠。映着蓝天，衬着白云，颜色不停地变化着。没有雷声，一场雨不约而至。导游小李不失时机地说了句："这就应了那句诗了，东边日出西边雨，道是无晴却有晴。"

　　迅速地解决了午饭，一同奔向青海湖边。雨早就停了，本来就洁净的天空更加澄澈了，湖水的颜色也更亮了。远远望去，那是望不到尽头的。同行的朋友们都拿出相机，拍照，摄影，一张又一张，似乎要将青海湖的美丽全部收进相机，收进自己的心里。走近青海湖，用双手掬一捧青海湖的水，想要喝上一口……

　　见有游船，不少人又上了游船，到湖心游玩一番。

　　青海湖，不是一湾湖，她就是一片海，一个大大的青色的海。

　　这里，还是中国鱼雷发射基地。

　　沿着湖边走上一段路，吹着清凉的湖风，好不惬意。不由得又拿出相机，照上几张照片。

　　往回走，参观了一个藏獒基地，各自购买了一些土特产和纪念品。

　　上了回西宁的车，我们没有从原路返回。熟悉的地方肯定没有好的风景。返回的车上，我们看到了一片沙漠，成片成片的沙，几乎没有一点植被。没有风，但可以感受这片沙被大风肆虐过的痕迹。环保啊，是个永恒的话题。又来到了青海最大的草原——金银滩草原。风很大，但没有感受到"风吹草低见牛羊"的草原风情。只有几匹马，孤单地站在草原上，等着游客用金钱来青睐。正觉得单调，草原上走过两位侠女，长长的银色头发，拿着宝剑，身后跟着摄影机。我们猜想是哪个片组来这儿拍个镜头，但是错了。正读大学的小晶说："这是在拍动漫图片哩。"我们恍然大悟。有些冷，我们不少人买了杯牦牛奶，酸酸地喝着，上了车。

　　不远处，是原子城。在这里，钱学森等老一辈科学家，研制出了中国自己的第一颗原子弹，之后在罗布泊自豪地升起了蘑菇

云。同行老郭说，20世纪60年代，曾有片组在这金银滩草原拍摄了个很有名的电影《金银滩》，但就是因为中国的原子弹研究也在这里，所以这部电影最后被禁演了。

草原上，没有被禁住的是美丽的爱情。王洛宾先生，是著名的情歌王子，曾在这里与美丽的草原姑娘相爱，写下了许多著名的歌曲："我愿做一只小羊跟在她身旁，我愿她拿着细细的皮鞭不断轻轻打在我身上……"当年，就是这首脍炙人口的浪漫情歌，使这片名不见经传的草原一夜成名。

不少人对这里研究原子弹的事有了兴趣，都想着去看一看原子弹博物馆。我们就驱车前往，可惜的是，博物馆就要关门了，我们只得扫兴而归。

二

6月15日，我们的行程主要是前往李家峡水库，感受坎布拉的丹霞地貌。

途经尖扎县康杨镇，这里流淌着我们的母亲河——黄河。在我们的印象中，黄河的水是"天上来"，气势磅礴，它的颜色总是黄色的，是"一碗水半碗沙"的情景；但是，这里的黄河，既没有印象中的气势磅礴，也没有"一碗水半碗沙"的景象。这里，黄河水静静地流淌着，几乎没有泥沙。坐在车上，远远望去，黄河像一条绿色的带子，镶嵌在群山之中。导游小李介绍，这里因为是黄河的上游，河岸植被很好，加之有几座水库，起到了净化的作用，所以水质很好，在青海省贵德县，黄河水最清澈，钱其琛先生曾写下了"天下黄河贵德清"几个字，算是给青海的黄河做了一个活广告。

公路两旁照样是接连不断的高山，没有草原，但也不时地会冒出一小群一小群的羊来。有的钻进了山洞，有的啃着一株瘦弱的小草，有的悠闲得很，正如这里的居民一般，悠闲，淡然，并不急匆匆地赶路。

我们先是坐船游览李家峡水库。李家峡水库，位于青海省尖扎县和化隆县交界处的黄河主流李家峡河谷中段，建有黄河上游水电梯级开发中的第三级大型水电站。电站拦水坝形成的水库面积 32 平方公里，库容量 16.5 亿立方米，为一大型人工湖泊。水库很大，水很清澈。坐着游船，看着岸边的高山，你就可以想象，那一座一座的高山山头像什么。有时你觉得那座山头就是伟

人的雕像，有时你也会觉得这座山头像刘胡兰那刚毅的面容，还有的像乌龟，像小猴子，像狮子。那山，大多呈红色，有了些丹霞地貌的特征了。

解决了午饭问题，我们又接着坐车前往坎布拉国家地质森林公园。这座公园海拔有3000多米。旅游车沿着盘山公路向上攀爬，时有峭壁，却总是有惊无险。碧蓝的天空上，盘旋着几只鹰，我们知道，这里的天空，是它们的世界。自由翱翔，是它们生命的意义。我们，又何尝不总是想着成为天空中的雄鹰呢？

海拔3000多米的高山，也有村庄，村庄的老人孩子都平静地生活着。

选择几个地势稍微平坦的平台，照了几张照片，又上了车，向森林公园进发。森林公园到了，没有我们想象中的森林，那像东北林海一般的情景当然是没有的，更加不及我们湖北神农架的原始森林了。我们就想，或许，相对于青海省其他地方而言，这里，肯定能够算得上是一片森林了。

这里的山体，不少的石头已是一片赭红。这就是所谓的丹霞地貌了。丹霞地貌，即由陆相红色砂砾岩构成的具有陡峭坡面的各种地貌形态。形成的必要条件是砂砾岩层巨厚，垂直节理发育。因在中国广东省北部仁化县丹霞山有典型发育而得名。这种地质特征，先前在李家峡时我们已见过。听说前往真正的丹霞地带还得有一个多小时的山路，有胆小的怕坐车走山路，就说，我们看过了，不去了吧。于是，旅游车原路返回。

我觉得，我没有看到大片大片的丹霞地貌，是这一天我的遗憾。

坐车返回西宁，进了两个购物店。一是"西北骄"牦牛肉店。

牦牛肉确实是青海的特产，味道也不错。进到店去，买了些许。二是昆仑玉器店，也购物一二，算作是给家人的纪念。

三

6月16日，我们的主要行程是参观塔尔寺，然后到土族风情园观光。

塔尔寺位于青海省西宁市西南25公里处的湟中县城鲁沙尔镇。塔尔寺又名塔儿寺。得名于大金瓦寺内为纪念黄教创始人宗喀巴而建的大银塔，藏语称为"衮本贤巴林"，意思是"十万狮子吼佛像的弥勒寺"。它坐落在湟中县鲁沙尔镇西南隅的莲花山坳中，是中国藏传佛教格鲁派（黄教）六大寺院之一，也是青海省首屈一指的名胜古迹和全国重点文物保护单位。

塔尔寺始建于公元1379年，距今已有600多年的历史，占地面积600余亩，寺院建筑分布于莲花山的一沟两面坡上，殿宇

高低错落，交相辉映，气势壮观。位于寺中心的大金瓦殿，绿墙金瓦，灿烂辉煌，是该寺的主建筑，它与小金瓦殿（护法神殿）、大经堂、弥勒殿、释迦殿、依怙殿、文殊菩萨殿、大拉让宫（吉祥宫）、四大经院（显宗经院、密宗经院、医明经院、十轮经院）和酥油花院、跳神舞院、活佛府邸、如来八塔、菩提塔、过门塔、时轮塔、僧舍等建筑形成了错落有致、布局严谨、风格独特、集汉藏技术于一体的宏伟建筑群。殿内佛像造型生动优美，超然神圣。栩栩如生的酥油花，绚丽多彩的壁画和色彩绚烂的堆绣被誉为"塔尔寺艺术三绝"，寺内还珍藏了许多佛教典籍和历史、文学、哲学、医药、立法等方面的学术专著。每年举行的佛事活动"四大法会"，更是热闹非凡，游人如潮。

塔尔寺是青海省和中国西北地区的佛教中心和黄教的圣地，整座寺依山叠砌，蜿蜒起伏，错落有致，气势磅礴，寺内古树参天，佛塔林立，景色壮丽非凡。塔尔寺的酥油花雕塑也是栩栩如生，远近闻名。

塔尔寺是宗喀巴大师罗桑扎巴（1357—1419年）的诞生地。宗喀巴大师早年学经于夏琼寺，16岁去西藏深造，改革西藏佛教，创立格鲁派（黄教），成为一代宗师。传说他诞生以后，从剪脐带滴血的地方长出一株白旃檀树，树上10万片叶子，每片上自然显现出一尊狮子吼佛像（释迦牟尼身像的一种），"衮本"（十万身像）的名称即源于此。宗喀巴去西藏6年后，其母香萨阿切盼儿心切，让人捎去一束白发和一封信，要宗喀巴回家一晤。宗喀巴接信后，为学佛教而决意不返，给母亲和姐姐各捎去自画像和狮子吼佛像一幅，并写信说："若能在我出生的地点用十万狮子吼佛像和菩提树（指宗喀巴出生处的那株白旃檀树）为胎藏修建一座佛塔，就如与我见面一样。"第二年，即明洪武十二年（1379年），香萨阿切在信徒们的支持下建塔，取名"莲聚塔"。此后180年中，此塔虽多次改建维修，但一直未形成寺院。明嘉靖三十九年（1560年），禅师仁钦宗哲坚赞于塔侧倡建静房一座修禅。17年后的万历五年（1577年），复于塔之南侧建造弥勒殿。至此，塔尔寺初具规模。万历十年（1582年）第三世达赖喇嘛索南嘉措第二次来青海，翌年春，由当地申中昂索从措卡请至塔尔寺。三世达赖向仁钦宗哲坚赞及当地申中、西纳、祁家、龙本、米纳等藏族部落昂索指示扩建塔尔寺，赐赠供奉佛像，并进行各种建寺仪式。从此，塔尔寺发展很快，先后建成达赖行宫、三世达赖灵塔殿、九间殿、依怙殿、释迦殿等。经四世达赖指示，万历四十年（1612年）正月，正式建立显宗学院，讲经开法，标志着塔尔寺成为格鲁派的正规寺院。

寺里的导游小张，带着我们进入塔尔寺。进了不少的殿，拜了不少的菩萨，也供了些许香火钱。印象最深的是两尊佛——宗喀巴大师和弥勒佛。

　　藏族的一部分男孩子会成为阿卡（阿卡是可以结婚的），然后少量人成为喇嘛，极个别成为最高级别的活佛。

　　游客中，有不少的外国人。拿起相机，你想要拍个外国游客，不想，人家还大方一些，摆出了 POSS，让你觉得不自在。这应该是不同文化的差异吧。

　　吃过午饭，一同参观了藏族博物馆。这是和藏医有关的一座博物馆。

　　然后，坐车一个多小时，到达全国唯一的土族自治县——互助自治县，参观土族风情园。土族现有人口 24 万，主要聚居在青海省的互助土族自治县以及民和回族自治县和大通回族自治县，其余散居在同仁等地。土族是本民族的自称。因地区不同

而自称不一，如"蒙古尔""察罕蒙古尔""土昆""土户家"等
都是其自称。对于土族的历史渊源，曾有不同说法，如鲜卑支系
吐谷浑人后裔、沙陀突厥后裔以及蒙古族后裔等，现在倾向于吐
谷浑后裔之说。据载，吐谷浑于公元4世纪初，在甘肃南部和青
海东南部曾建立吐谷浑王国政权；唐初迁至青海东部；后来为吐
蕃所并，一分为三，其中一部留在了青海东北部故地，成为土族
的先祖。唐中期以后，其族称有所变化，如称之为"退浑""吐
浑""浑"等，吐蕃人则称之为"霍尔"，也是"浑"的音变。到
了元朝，"吐谷浑"一名方从史籍中消失，代之以"西宁州土人"，
"土"来源于吐谷浑的"吐"，"浑"在蒙古语中是"人"的意思，
故元代汉文典籍以此称之。在以后的发展中，又有多个民族与之
融合，形成了今天的土族。新中国成立后，统称土族。土族有自
己的语言，属阿尔泰语系蒙古语族。内部又分互助、民和、同仁

三大方言。部分土族兼通汉语和藏语。原无本民族文字，长期以来，一直使用汉字和藏文，1979年，国家为其制定了以拉丁字母为基础的新文字。普遍信仰藏传佛教。

还没有进园，先听见欢迎的歌声响起。洁白的哈达献上来，三杯美酒端过来。这叫进门大礼，进门"三杯酒"。参观土族青稞酒作坊，感受手工制酒的魅力。

再坐好，观看土族歌舞表演。表演之前，乐曲响起，露天舞台上，一个两岁的小男孩不由自主地跳起了自由舞蹈。我们同行的最小的团员——又清先生的三岁多的儿子乐乐，也禁不住诱惑，上台跳舞。两个小家伙，赢得了观众阵阵掌声。

正式表演开始，有土族服饰表演，有土族"花儿"（青海民歌）演唱。

最精彩的当然是"轮子秋"的表演了。轮子秋是土族人民勇敢、智慧、团结的结晶和象征，也是土族男女老幼喜闻乐见并踊跃开展的传统活动。据传说，土族从游牧民族转向农耕民族后，有了木轮车，有了碾场的碌碡。在麦场上，几个顽童无意掀翻了大板车，爬上车轮随意旋转，这就成了最原始的轮子秋。每年秋收季节，碾完场后，人们在平整宽阔的麦场或者宽敞的地场上，把卸掉车棚的大板车（木轮大车）车轴连同车轮竖起来，底下车轮压上碌碡，上面车轮绑上一根长木横杆，横杆两头拴上绳子做成的秋千，打秋人坐在秋千上，其他人推动横杆，转动车轮。或平绑一架长木梯，梯子两端牢固地系上皮绳或麻绳挽成的绳圈或捆绑一能站人的架子。两人相向推动木梯，使之旋转，形成转动的秋千，然后乘着惯性分别坐或站在绳圈内，快速

地转动起来，并在梯子或架子上做出各种惊险动作。观看的人还不时地帮推木梯，使之加速旋转。80 年代后，原来的车轱辘改用钢制轮盘，套以滚珠轴承，使之更为结实和美观，再饰以各色彩旗。现在轮子秋运动是在场地正中竖立着一根 4 米来高的钢管，安装在钢管正中的为一直径约 1.2 米的钢（或铁）制圆盘，将钢管分两部分，下接底座，顶端置火炬。数名身着民族盛装的土族姑娘和小伙子足踩悬吊在铁盘边缘的踏板，随着大圆盘飞快地旋转，并不时做出"寒鹊探梅""雄鹰展翅""猛虎下山""孔雀三点头""金钟倒挂""春燕串柳""蛟龙出海"等各种高难度空中动作。

最吸引人眼球的节目是观众参与的娶亲节目。三个男性游客扮演新郎，在这个节目中要娶上三位美丽的土族女孩。这期间，要"过三关"，即用土族话问好关、喝青稞酒关、才艺关（与女孩一起跳土族舞）。这三人，被分别称作大姐夫、二姐夫、三姐夫。

节目在欢快的气氛中结束。我们的晚餐，就在这别有风情的土族园举行。吃完了饭，要上车了，"出门三杯酒"，喝了酒再上车，依依惜别这别有风情的地方。

16 日晚 8 时 25 分，我们坐西宁至武昌的火车返回。17 日 22 时至汉口下火车，18 日凌晨 2 时 13 分回到家中。

附：

西行花絮

两位姐夫：在土族风情园，现场招聘游客出演娶亲的三个姐夫。本旅行团有两位被人家土族姑娘选上，一是成为大姐夫的穆，二是成为二姐夫的林。

4个"最"：同行的又清一家，最有特色，捞了四个"最"，儿子乐乐最有趣，老婆萍子最漂亮，岳母此行最开朗，又清呢，剃了个光头最亮。儿子乐乐爱跑，于是给他系上了根安全带，一路拉着，颇有意思。

50多个小时：这次旅行坐火车时间前后共计50多个小时，然而我们觉得又是快乐的。正如人言：我们的旅行，不在乎真正的目的地，而在乎的是沿途的风景，以及看风景的心情。

100元的主席：到武汉时，正吃午餐，有人进来问：要听歌吗？同事老何说，听听。来人开口就唱：歌声献给我们的何主席。老何也不示弱，递过100元，让大伙共听了五首歌。于是，因了这100元，同行的朋友们都叫他"何主席"。

120元：火车上，也有看醉了风景的人，吆喝着一起玩起了扑克，也带点彩，有些刺激。卧铺上玩扑克不方便，就进了餐厅。餐厅50多岁的老头服务员直说，按价收钱，每人30元。呵，这样下来，玩一次扑克，得交120元。当然，这是阻拦不住他们的牌瘾的。其中，也有一个我。

2380元：还在湖北时我们就想，要吃一吃青海的烤全羊。到了青海，见到了真正的烤全羊，但是价格是2380元。有人想买只羊腿尝尝，人家不卖，只得遗憾而归。

深圳的海

　　身处大平原的我们，自小喜欢唱大海的歌，自小就对海有一种神秘的向往。这种向往，如可卡因般诱人，如夸父逐日般不能停止，如思念心爱的人般夜不能寐。

　　终于，能够见到我日思夜想的大海，能够与我亲爱的海来一次肌肤之亲了。

　　就在我们一行4人的广州之旅即将结束的时候，"我们去深圳看海吧"一个声音响起。大家没有商量，更像事先约定好似的，急忙开赴深圳。

  中午时分，深圳的朋友把我带到了大梅沙海滨浴场，边走他边说："还有小梅沙度假中心，也是能看海的，但那儿收门票不说，我认为没有了一种大众化、平民化游玩的乐趣，也不及这里热闹。"可是，还没等走到海边，老天爷哗啦啦地下起雨来，我们连忙说算了吧，明天再来。朋友笑了笑说："深圳的雨呀，一会儿来，一会儿就走了的。况且，雨后的大海，更加清新，你我曝晒的程度也会减轻了。"

  果然，不到20分钟，雨停了，虽没见着太阳的脸，却也感到了阳光的温度。急忙换衣下海，还来不及仔细看看大海，一个海浪就扑了过来，呛得满口海水，咸咸的，大家还是笑个不休。"这就是大海给我们最好的见面礼了。"我说。

一会儿，海边的人逐渐多了起来。我们笑着向大海深处游去，比赛着看谁游得快。当然，是不敢游出浴场的保护圈的。

站在海边，我们又开始冲浪——当大海一浪又一浪地送过来时，你会怎样迎击呢？我们先是躲，躲来躲去怎么躲得过海浪的速度呢？又呛了几口咸水。我们只能迎浪而上了，嘿，倒好多了，即使再大的浪，你迎面而上时，也乖乖地从你身边一擦而过，你也得到了搏击海浪的愉悦感和成功感。我就想，这不和我们的人生是一样的吗？我们的生活就像大海一样宽广无边，不时有海浪般的困难打向我们，我们是躲还是迎难而上呢？只有挺身而上，我们才是真正的弄潮儿，才是我们自己生活的胜利者。

我们惬意地感受着深圳的海。或搏浪，或仰泳，或漫游。我将我融入了我亲爱的大海之中。

忽然有人说肚子饿了，一看时间，竟然已是下午3点。我的肚子也开始叫了。于是，恋恋不舍地上岸，冲凉。背部隐约有点痛呢，大家相互交流着感受，也心想或许明天会好一点吧。第二天，背部越来越疼。第三天，疼痛减轻了，却出现了一层死皮——原来背部皮肤经过海水浸泡、阳光炙烤，不知不觉地褪掉了。

可是，当初在海水中游玩时是多么的舒畅。这深圳的海呀，和在商海浪潮中拼搏的深圳人一样呢！我想。

我没有见过大连的海，听说大连的海是平静的；我也没有见过海南的海，听说海南的海是灵性的，但我能真正感受深圳的海的温情与桀骜，便此生足矣。望着身上褪下的一片片碎皮，我会心地笑了。

洪湖的湖

——"红色之夏"活动印象

    这个夏日来得似乎比去年热烈，太阳像个火球，烘烤着出行的人们。这个日子来得也确实比以往热烈，7月29日，边友们（边江网的朋友）早早地赶到了伍子胥雕像前——这是"红色之夏"活动的监利集合点。我和小菡赶到时，思君、静水闻音、水木丁、阳羽、南山、秋林、风满楼、嫣然一笑、陌上秋果、善若水好多网友早就到了。游客说还没吃早餐，我和小菡便同他一起

去吃早餐。我和游客一人一碗鳝鱼面，他居然动用相机拍摄了下来，说："我要让他们心里痒哩。"吃了早餐，来到集合地，数一数人数，大大小小 39 人。老总思君一声令下：出发！

边友们分乘三辆车。一辆是水哥带来的，当然由他来驾驶；一辆是好人江昕的，好人嘛，你不当司机谁来当？还有嫣然一笑联系的一辆大车，这是大部队哩。水哥做了先锋，先从堤上走了，我们大部队殿后。大家一路交谈着，说着自己的感受，时不时地有人说个笑话。我们在说着水哥的驾驶技术，思君说上次水哥真的不错了，连着超了两辆车，一辆是板车，一辆是麻木车，说得大家笑个不停。就有人说人家水师傅嘛，不水一点能行吗？大家更乐了。

车过毛市镇，秋林接了个电话，说江昕车上的边友们在唱歌，我们为什么不能有歌声？于是就有人开了头，"洪湖水呀，浪呀嘛浪打浪啊，洪湖岸边是呀嘛是家乡啦……"大家跟着唱起

来。一会又冷了下去，马上有楼外楼出场，掏出了看家本领——笛子。一曲接一曲，从《洪湖赤卫队》到《国歌》再到《纤夫的爱》，闹个不休。秋林打开电话，让那边车上的边友们听听，他们真是羡慕不已了。

一个小时多一点，我们就到了洪湖瞿家湾蓝田港，这是我们坐船的地方。思君忙着联系洪湖网的朋友，等着他们一起去拿门票。

边友们就又有交流的时机了。南山说要是伤心几剑在的话该是多好啊。马上就有人说是是是。看来这剑剑的人气还真是不错了。无间道就说，咱一起给他发个消息吧，让他心里羡慕个要死，也可以让他的手机没电啊。

这会儿，就有卖莲子卖菱角的妇女们来了。水木丁就说，来吃菱角呀，我请客。说好一元五角一斤，称10斤。正准备给钱，有人一提那袋子，说没有10斤吧，这么轻。水哥一听，也提了一下，觉得真的少了斤两。那妇女忙说是公斤秤。其实我们心里清楚，这哪是什么公斤秤，这就是一杆宰黑的秤。因为吃了几个菱角，就给了那妇女一元钱，算是了结此事了。做生意啊，真的是要讲诚信的。

一会儿，洪湖网的朋友来了，大家忙着握手，问候，真像朋友一般，见面很是亲热。然后，拿票，上船。上了船，网友们开始忙着介绍些情况。监利这边游客最忙，他一下子认识了很多洪湖的网友，当然，都是漂亮的女网友。洪湖的网友夏之恋也忙，忙着认识我们监利的网友，一会儿，也记住了不少网友的名字。

这次共有三处景点。

一是蓝田生态园。这是要坐船去的，这也是这次最大的景点。先在生态园外来了个监利洪湖网友大合影。进入园中，就感觉到了这里的与众不同，满眼绿色，令人心旷神怡。走过长长的《洪湖赤卫队》画廊，那些战争年代的场景似乎就在眼前。一片连一片的湖，时不时地游过一群鸭子，给静静的湖面多了一些动感。湖边有草棚，有人早就在里面开始玩牌，好是惬意。接着到了《洪湖赤卫队》剧情表演地，不少的网友忙着拿起了特制的刀枪，把玩一番。看到有演员在化妆，有网友就上去和他们合影。完了，还来下一通实战学习，戴铁镣，提马灯，拿刀枪，坐牢房，不亦乐哉。又有人坐木船下湖，去捞鱼，摘莲。不下湖的，撞起了门口的大钟，走起了小时候走过的高跷。然后又去观音莲花墩，求观音，许下心愿。有网友三三两两地合影，留下最美好的回忆。最后是游湖，长长的竹桥，以为很短，其实很长。边走边玩，要是太阳不是那么毒就好了，不然，网友们是要多在湖心

玩一会儿的。好不容易走完竹桥，进入餐厅吃饭，像轻松了许多。小网友们倒不觉得累，屋里屋外，追赶着，唱着，闹着。吃饭，洪湖和监利的网友们相互敬酒，交流情感，好不热闹。

二是明清一条街。这条街我在不少的书报上看过图片，但现在真实地来到这里，心里是莫名地兴奋。整条街古色古香，真有点明清风骨。里面有竹篾店，有裁缝店，有小酒店，好多在电视上见过的场景都在这里再现。有一间是新人新房，于是就有年轻的男女网友进了这个洞房，上了婚床，笑嘻嘻地，不知之后的故事是不是能假戏真做啊。

水哥在忙着拍摄，一下子拍了近 1000 张照片。当然，保存最完整的还是关于瞿家湾的革命史的，有武器陈列室，有当年的会议室，有贺龙当年的卧室，很有价值。有点意思的是，贺龙元帅当年的马夫还健在，就坐在街的另一头，90 多岁了，鹤发童颜，很有精神。老人饶有兴趣地讲述着当年的故事。有漂亮的洪湖女网友上前和老人合影，说一定要珍藏这张照片哩。

　　之后是洪湖监利网友两地联谊会。就在明清一条街。节目不多，但气氛很好。楼员外吹了笛子，小菡和飘飘两人唱了首《隐形的翅膀》，还有就是两地 16 位网友在柳大侠主持下玩了一个《杀手》的游戏。

　　三是青龙禅寺。这里的寺真的是大，真可谓气势磅礴！我不知道网友们中有没有真正信佛的，但我看到不少的网友在寺里只要见到佛都是下跪或作揖了的。也许这不是网友们最好的去处，看了一会儿，就驱车而返。换了个地方吃晚餐，菜大多是洪湖里土产的，味道很好，网友们的胃口也很是好。吃饱，上车，和洪湖的朋友道别，返监。

韶山的山

对于韶山，我总是有着一种神往之情。因为韶山是一座特别特别的山，那座山的名字又叫毛泽东。

小时候，接触课本上的韶山，认识了少年毛泽东，于是这个叫作"韶山冲"的地方就多了许多神秘。长大了，了解了伟人的事迹，更增添了我要探访这个神秘地方的兴趣。

这个时候终于到来。2012 年 7 月 21 日，我和我的夏令营的学生们一道上了韶山。

旅游车上的孩子们兴奋不已。十五六岁的年龄，正是活泼好动的时候，这次上韶山，也正是受到良好教育的时机。

　　一路欢歌，三个多小时的车程，我们到达韶山。当地导游一上车，就讲起了毛泽东铜像的故事。1993 年 12 月 6 日，铜像由南京起运。当运送铜像的大卡车行至江西境内时，天色将晚，车突然"有灵性"地抛了锚，怎么也发动不起来，也检查不出毛病在哪儿，只得停下来过一夜！江西人则安慰他们说："主席最早是在这里拿起枪杆子闹革命开辟红色根据地的，他老人家要你们在这儿住上一晚，好好看看！"第二天一早，这车不用修就启动了！当铜像运抵韶山时，近百万韶山人民举行了隆重的迎接仪式。这天，山冲里还出现了奇异的自然景象——上午 10 时，天上出现日月同辉的奇景，山上的杜鹃花也在这冬季就开了！

　　我们顿时好奇心猛增，自然，一下车就去瞻仰毛泽东铜像。毛泽东铜像安置在毛泽东纪念馆和毛氏宗祠前的开阔地带。周围青松翠竹掩映，群山拱护。铜像基座上，镌刻着江泽民题写的"毛泽东同志"五个贴金大字。主席铜像是按主席在开国大典上的形象设计的，坐西南、朝东北，主席身躯伟岸，双手握书卷，身着中山装，双目炯炯，微露笑容，神采奕奕，成功地塑造了领袖在开国大典时的伟人风采。铜像高 6 米、重 3.7 吨，红花岗石基座高 4.1 米，全高 10.1 米。据介绍，毛泽东广场是人民群众表达对

毛主席崇敬、追思、纪念的主要场所。

　　我们走上前，向铜像三鞠躬。有不少人向铜像献上了花圈花篮，表达心中的敬意。我们在铜像前拍下合影后，绕着铜像走了一圈。毛主席在沉思，我们也在沉思：当年的少年毛泽东又是怎样一步又一步地走出韶山冲的……

　　走过毛氏宗祠，我们进入毛泽东同志纪念馆。韶山毛泽东同志纪念馆原名韶山毛泽东同志旧居陈列馆，是反映毛泽东生平和光辉业绩的革命纪念馆。纪念馆是一座苏州园林式的建筑，于 1963 年开始筹建，1964 年 10 月 1 日正式对外开放，建筑面积 6000 多平方米，陈列面积 2000 多平方米，加上后来扩建面积，总面积 8 千余平方米。

　　纪念馆前，大门顶上镂刻着邓小平手书金色大字"韶山毛泽

东同志纪念馆"。进门是一宽敞大厅，厅前，一尊高 2.67 米、重达 3 吨多的毛泽东白玉塑像立于红帐之前。毛泽东身着风衣，左手捏军帽，右手前挥。不少学生立即抢镜头，留下珍贵的照片。

沿着一条开满鲜花的走廊，走进展厅，厅内依次陈列了全国六大革命纪念地的图片，即韶山、毛泽东故居、上海一大会址、黄洋界、遵义会议旧址、延安、天安门，这是在向人们展示中国革命的历史进程。展厅中央，展示了一座韶山山水模型，将 210 平方公里的韶山浓缩于此中，出展厅，上台阶，过假山，沿回廊来到会客厅，会客厅靠墙竖立着一尊巨型毛泽东铜像。再往东通往楼上，三个院落呈品字形排列，在中庭的对角，各有两个小院，南院是一处台地，与下栋参差错落。这儿光线较暗，为纪念馆内两处藏宝之地：毛泽东遗物展和中南海故居原型展。

匆匆吃过午饭，我们一同赶往毛泽东故居。沿途荷叶田田，荷花艳艳，荷香阵阵。

走过二三里路，就到了毛泽东故居。参观故居的人已排成了长蛇阵，慢慢向前蠕动着。人虽多，但我们也不急，都有一份崇敬的心情。

毛泽东故居位于湖南省韶山市韶山乡韶山村土地冲上屋场，系土木结构的"凹"字形建筑，坐南偏东，东边是毛泽东家，西边是邻居，中间堂屋两家共用。故居建于中华民国初年，为南方农宅形式，背山面水，泥砖墙，青瓦顶，一明二次二梢间，左右辅以厢房，进深二间，后有天井、杂屋，共 13 间半，总建筑面积 472.92 平方米。

1929 年，故居被国民党政府没收，遭到破坏。1950 年按原貌修复。故居已经维修几次，现门额之"毛泽东同志故居"匾系

邓小平同志于 1983 年 6 月 27 日所题。

　　故居陈列物品中有许多是原物，毛主席卧室中的床、书桌和衣柜，毛泽东父子卧室中的床、衣柜、书桌、长睡椅和折衣凳，堂屋中的两张方桌、两条板凳和神龛，厨房中的大水缸和碗柜，农具室中的石磨、水车和大木耙等，皆有毛主席及其亲人的印迹。

　　故居前是一口池塘，塘中有荷花，又叫荷花塘，与之相毗邻的是南岸塘。荷花塘与南岸塘绿水盈盈，风过处，荡起层层涟漪。放眼望去，青山、绿水、苍松、翠竹把这栋普通农舍映衬得生机盎然。

　　1893 年 12 月 26 日毛泽东诞生于此，在这里生活了 17 年。1910 年秋，毛泽东胸怀救国救民之大志外出求学。1912 年春，毛泽东回到这里教育亲人投身革命。1925 年和 1927 年毛泽东回乡领导过农民运动，在这里召开过各种小型的会议，建立了中共韶山支部。1959 年 6 月，毛泽东回乡视察时曾来到这里省视。1961 年 3 月 4 日，国务院公布韶山毛泽东同志故居为全国重点文物保护单位。1997 年 7 月，这里被中宣部公布为首批全国爱国主义教育基地。

参观完毛泽东故居，不少学生还想着去著名的滴水洞。但因为时间关系，只得作罢。我的心里，也觉得缺少了什么，只得向他们介绍滴水洞。滴水洞位于毛泽东铜像以西约四公里处的狭谷中。洞中碧峰翠岭，茂林修竹，山花野草，舞蝶鸣禽，自然景观清雅绝伦。《毛氏族谱》赞之曰："一钩流水一拳山，虎踞龙盘在此间；灵秀聚钟人莫识，石桥如锁几重关。"想来，这一定是个圣地了。

韶山出了个毛泽东，这是韶山的骄傲、湖南的骄傲，更是全国人民的骄傲、中华民族的骄傲。没有毛泽东，就没有新中国，也就没有我们现在的幸福生活。

上韶山，是一种朝圣的心情。

你，我，他，每一个中国人，必然受到了心灵的洗礼。

春节里的江汉平原

　　江汉平原，是我的故园。今年春节，我得好好走走，看看我魂牵梦绕的故乡！

　　最快乐的春节记忆当然是少年时。对人情世故似懂非懂的样子，刚到了秋天，就问不停忙碌的母亲："什么时候过年啊？"母亲总是轻轻地笑："快了，快了。"年少的我不懂日历，但看见房前屋后满地的落叶时，我就知道，年快到了。等到母亲拿着大大的锅铲在大大的锅里忙乎的时候，我知道年就在眼前了。

　　这是母亲在熬麦芽糖。金黄的麦芽，和着浸泡后的大米，

一起用石磨碾碎，倒进大锅，在红红大火的猛烈攻势下，一个多时辰，化为温柔的糖稀。那沁人的香味儿，早就飘进了左邻右舍的心里。哪家熬麦芽糖，也都来搭搭手帮帮忙。一旁，箩筐里装着用细沙炒好的干泡米。干泡米是蒸熟的大米，又借阳光晒干了的。炒熟了，咬起来碎碎地响，不会硌牙。满屋都是麦芽糖香的时候，母亲知道到火候了。找来一个大木盆，盆底放些食用油（避免糖稀附在盆子上），先将干泡米放进去，再倒入适量的糖稀，用手均匀搅拌。这时候手得利索，因为糖稀的温度高，又黏人，要是黏在手上，烫得直叫。不过三分钟，这干泡米就和糖稀连为了一个整体。这时，将大盆子倒在案板上，那盆内大大的圆形饼就出来了。邻居的婶婶们慌忙着将菜刀伸了过来——得将还没有完全硬直的麦芽糖切成一小块一小块的。那菜刀，昨天就磨洗得光亮光亮了。于是，婶婶们又比赛着，看谁切得快，切得有形。

155

我们呢，就着麦芽糖的温度，像小偷似的抢过几小块，急着放进嘴里。那甜味儿，让我们馋了整整一年了哩。

其实，一进入腊月，母亲就更忙碌了。我曾在书上看到，说传统意义上的年，应该从腊八开始，到正月十五才结束。腊八应该会有腊八粥，但我从来没有吃过，也许是风俗不同的缘故吧。在江汉平原一带，是没有这个习俗的。但对年美好的感觉应该是一样的了。

腊月的日程，在母亲心里安排好了。哪天打糍粑，哪天做豆腐，哪天煎豆饼，哪天起油货。

起油货这一天名堂最多，我们最喜欢。最先是用油炸饺子。饺子不是北方过年时用水煮的饺子，水煮的饺子我后来见过，我总觉得水煮不够年味，得用油炸才好。做饺子得先调好面粉，母亲有时也加进几个鸡蛋，说这样的饺子油炸得酥一些好吃一些。调好了，得用擀面杖擀成面皮。这是力气活，父亲在家时就是父亲擀面，但父亲有时不在家，母亲也得披挂上阵。母亲的个子不高，力气不够，用了小板凳站着擀面，但也显得吃力。我们还小，也使不上力气，也只能干着急了。面皮擀好了，用菜刀轻轻一划，那擀面杖上的面皮就像美人脱衣一样，平躺在案板上。母亲继续擀面，剩下来的工作就由我来做了。小心地用菜刀将面皮划成一小片一小片，再在面皮中央用菜刀轻轻地划上三个小口子。做饺子呢，拿起一小张面皮，抓住面皮的两角，将两角巧妙地塞进三个小口子中间的那个，然后轻轻一拉。这样，一个四角周正、有模有样的饺子就做成了。等到做饺子的工序快完时，母亲就烧起了油锅。我呢，就找来一块小板子，将做好的饺子每次十多个、一次一次地送到母亲烧起的油锅边。饺子炸完了，然后用油炸玉兰片（玉兰花形状的面食），用油炸荷叶子（荷叶形状的面食）。有时，也炸鱼吃。那个年代，能吃到炸鱼当然是更高的享受了。

每每这个时节，屋子外边总是刮着凛冽的风，但我们兄弟从来不觉得寒冷。

不管做成了哪样好吃的吃食，前几件成品，母亲总会说上一句："来，送祖宗那儿去。"我就有些不情愿地用一只碗端了那几件成品，然后又恭恭敬敬地摆放在我家堂屋的神柜上。我知道，这是给先人们吃的。

"腊月二十四，掸尘扫房子"，要过年了，掸尘扫房子是少不了的。这个工作大多由父亲来做。父亲戴了草帽，穿了旧衣，拿着长长的笤帚，先从里屋的屋顶扫起，再扫地面，最后扫屋子外面。母亲呢，趁着好天气，忙着洗晒家里床上的被单蚊帐，还有一家人的衣服鞋子，也不忘记将十多年前的好久不穿的衣服拿出来晒一晒。就这一两天，家里就像变了个样儿。走进去，觉得宽敞得多，觉得明亮得很。腊月二十四，这是我们的小年夜。这天晚上，母亲还会做一件事——祭灶神。我看见母亲在我家厨房的灶门前虔诚地点上三炷香，烧纸，作揖。我也便跟着作揖。我就觉得，灶神，肯定是给我们每天生活的神仙。

父亲也忙起来了。他在上个月就计划好了，过年时给家里的孩子们买上哪些新衣，家里还得买些什么菜食。这菜食，得管好些天。正月里，按习俗我们是不能上街买菜的。那时的家境不怎么好，拮据的家庭总会有拮据的办法。记得有一年，父亲带着我，挑了一担柴上街，卖了，我们回家过年。在街上，父亲买了一根油条给我吃。我和大弟都还小，都像村里的小朋友一样，想着要灯笼。要了好几次，父亲终于答应买了，可是他没有买灯笼里的蜡烛。父亲说："不一定蜡烛才照得亮啊。"于是，父亲带着我们一起动手，用废弃的墨水瓶做成了油灯，放进灯笼里，居然是最亮的灯笼。长大的我就常想：其实啊，自己的光明就在眼前，在自己手中哩。

"千门万户瞳瞳日，总把新桃换旧符。"写对联，当然是父亲的事儿了。父亲那时是村小学的老师。我们家的房子不大，每年过年，父亲都写许多对联，将整个房子贴得通红通红的。矮小的厨房，父亲也写了"日照厨房暖，风吹菜味香"的话语。这应该是父亲自作的对联。村子里的对联，几乎都是父亲的杰作。父亲是不要酬劳的，乡里乡亲的，只要买来写对联的红纸就行。有时，有人递过一支烟，父亲更是高兴得不得了，字也写得更流

畅。我和我弟呢，就觉得有点惨了，得站在父亲对面帮着父亲牵对联，以免墨汁浸坏对联。少不了的，是我和我弟之间的PK，因为天冷手冷，都不想做父亲这个帮手。屋子里还会张贴几张年画。好几年我都看见家家户户贴着一张《年年有余》的画儿。还有门神，大多贴的是秦叔宝、尉迟敬德。那些上门讨口彩的或划彩龙船的人一进门就会唱：

> 走进门啦，把脚跌啊，红纸对子两边贴呀，左边
> 贴的秦叔宝啊，右边贴的胡敬德呀，人也黑也，马也黑
> 也，手拿钢鞭十八节啊……

很快地，就到了除夕。团年宴是这一天最隆重的节目。村里有兄弟几个的，前几天就安排好，哪天到哪家团年。那气氛，像是过了好几个年一样。我们只有羡慕的份儿，因为父亲没有兄弟。这一天，母亲早早地就起床了，她先走向鸡笼，得杀只鸡，这是为今天的团年宴准备的，母亲说一年到头得吃只新鲜的鸡。父亲也起得早，他上街去做最后的采购，买点新鲜的鱼肉回来。回家的路上，时不时地与人搭讪："今日个菜贵得吓人呢。"

在母亲的催促下，一家人急急地吃了早饭，母亲就开始做团年的饭食了。母亲说："团年饭熟得早，早些团年，吉祥。"每年的团年宴，母亲并没有帮手，但不到下午两点，团年饭就做好了。我们兄弟一起帮着端菜上桌子。菜至少有10碗，这也是母亲自定的规矩。菜上了桌子，我们就开始祭祖宗，上香、烧纸钱，作揖，我们兄弟和父亲一同进行。然后，到屋外的禾场放

鞭。"爆竹声中一岁除，春风送暖入屠苏。"有了爆竹才叫过年。我们兄弟拿着一支燃着的香，点燃鞭。父亲拿起炮，用烟点燃了，用力地向空中抛去。三只炮，三声巨响，那碎纸片纷纷落下。我们的团年宴开始了。

我们穿好了新衣服，坐在了团年宴的桌子边。

照样，盛好的饭菜我们不先动筷子，因为得先敬祖宗。有时是父亲，有时是母亲就会自然地说："祖先们，一年到头了，请享用吧。"只是几秒钟后，我们就可以开始吃了。父亲会喝酒，酒喝到一半，就从口袋里搜出几张崭新的人民币，向着我们兄弟说："来啊，来领取压岁钱啊。"我们就欢快地奔了过去。

但是，我们兄弟的兴趣不在压岁钱的多少，也不在新衣服的好坏。我们想着的是那魂牵梦绕的鞭炮。我们兄弟留心父亲安放鞭炮的位置，一有机会，我们会偷偷地从大串的鞭炮上拧下十来个小鞭，一人一半。拿着支香，时不时地"砰"一下，在这响声中我们得到了一阵又一阵的快乐。

年的气氛就浓了。

夜空是黑黑的，最先蹿出孩子们的灯笼。然后，是成队成队的妇女，拿着香、纸钱和鞭炮，那是代表着一家人走向宗庙或土地神那儿去朝拜的。再就是成年的男子，带着家中的孩子们，拿着灯笼、蜡烛、香纸等物品，一同去给故去的亲人送灯。每年的这一天，父亲总是带着我们兄弟去祭奠我们的祖先们。母亲这时，开了卤锅，卤起菜来，家家户户，卤味香浓，也不知道哪一家的最可口。有时，母亲也用细沙炒花生，花生红润，扑鼻地香。

让年的气氛达到高潮的，是村子里的舞龙活动。青壮年们，是舞龙的主力军。从村子头舞到村子尾，一家也不跳过。这是尊

贵的龙在给村人们拜年，据说是对龙的象征者皇帝的一个有力嘲弄。舞龙也是讲究经验的，村子的华伯老一辈人，能够站在高高的板凳上舞龙，也能睡在地上舞龙。这个精彩的场面我确实见过，以后再看人舞龙时，我总提不起兴趣，总觉得没有我村子里的龙有精神。龙到哪一家，这家的主人也会或多或少地给彩头。舞龙结束时，人们就会将所有的彩头平分，人人讨得一点吉利。舞龙时除了那富有节奏的鼓点扣人心弦外，刺激的事儿要算喷火的把戏了。这边龙在飞舞，那边的吕伯口里含了煤油，就着火把，噗地一下，火焰升得老高。又一下，人们的尖叫声就更大了。有时，舞到村尾时，那不远处的坟地有火星在上下跳动，就有人叫："看啊，鬼也在舞龙哩。"这一叫，舞龙的人就更带劲了。有人又说："这人肯定要胜过鬼的，不然，人就不是人了。"幼小的我心里有些怕，这世上真有鬼吗？后来长大了，知道那是因为气温上升，坟地里有磷火蹿出来的原因。

　　舞龙完了，那时电视机少，看春节联欢晚会的可能性不大，

更多的人开始聚拢来打牌，只是图个热闹。也有家人聚在一起，边说边聊，吃些瓜子花生糖果，有时也一家人玩起扑克，其乐融融。若干年之后，这个时段，看春节联欢晚会的人当然增多了，但打牌的习性并没有变。而现在呢，春节联欢晚会也不吸引观众了，不知那些人们在做着些什么呢。

不如就守岁。"一夜连双岁，五更分二年。"肯定是要守岁的。人们点起蜡烛或油灯，通宵守夜，象征着把一切邪瘟病疫照跑驱走，期待着新的一年吉祥如意。向来节俭的母亲也说，家里的每一个房间都得亮着，这样啊，明年的每一天我们家里的每一个人都是亮堂着的。

这个晚上，两挂鞭炮是少不了的。前一挂，大约天刚黑下来时燃放，算是辞旧；第二挂，不约而同地在凌晨时燃放，是迎新了。第二挂鞭炮没有燃放之前，家里的大门是不能开的，得过12

点，给祖宗上香后，再烧纸钱，开门。母亲口中常会说几句吉利的话：

　　　　开门大发财，金银财宝滚进来，滚进不滚出，金银
　　财宝堆满屋。

　　然后，开门放鞭炮。这时，普天同庆，万千鞭炮齐鸣，就好像在你耳边响一样；那鞭炮，像比赛似的看谁响亮，你想要睡一个好觉，当然是不可能的了。除非你打麻将大胜，赢了个痛快；或者输了个干净，"风吹鸭蛋壳，财去人安乐"，也图个轻松。

　　正月初一，这是一年的第一天。清晨，母亲会拿了香和纸钱插在门前的水塘边，并不点燃，因为这是祭河神的。这一天，母亲会再三叮嘱，所有的生活用水不要倒在地上，后边准备了一个大水桶。还有，家里扫地了，用不着将垃圾撮走，只堆在大门后就行；这恰好给了偷懒的我们一个合适的理由。早餐，照例是九个食碟，全是昨晚卤好的菜，冷的，上边撒上一层鲜红鲜红的水辣椒，红黑分明，好看，也好吃。这九个食碟，我最喜欢吃的是卤鸡肉，还有炸鱼。但没有长辈开口，我们小孩子是不轻易动筷子的。母亲说，曾经，村子里煎了一盘鱼，从村东边端到村西边，只是为了凑一碗菜。我知道，母亲这在告知我们做儿女的，生活确实是来之不易的。早餐不只是有冷的卤菜，热的汤圆也一同上来了。母亲不叫它"汤圆"，叫它"元宝"，这是一种吉祥的说法了。这些天，长辈们担心孩子们乱说话，就在堂屋的左右墙上写下"童言无忌，大吉大利"的字条。

　　这新年的头一天，子女是不外出的，得拜父母，向家中、族中的长辈问安。我和我弟起床后，忙着放鞭时，多次让父亲责令说，去拜拜族里的几个祖爷叔伯吧。刚结婚的夫妇，在这一天早起后第一件事是端着糖茶去给族中的长辈拜年，讨得些许赏钱。那些长辈，还缩在被窝里，被敲门声叫醒，也不恼，开门了又钻进被窝，被子也还盖着，翘起脑壳接过新婚夫妇的糖茶，咕咚一声喝个精光，在茶杯里塞进几张纸币，算是给晚辈们一点交代。这叫"喝翘脑壳茶"。也有外出走亲访友的，起得很早，那是去烧亲香。在上一年里，有亲人去世，逝者为大，活着的亲人就得在这一年的正月初一去为逝者烧香，是祭奠，也是最早的拜年了。

　　到了初二，这是拜见岳父岳母的法定日子。年轻的夫妇，是不敢违抗这条法规的。上了年岁的夫妻，有了孩子，就常常让孩子们去走一趟，是代劳了。今天，我仍然记得一个镜头，在去外婆家拜年后回家的路上，满眼银色的雪地里，我蹦跳着在前头，父亲的头上顶着弟弟，母亲悄无声息地走在最后。这应该是我最幸福的回忆了。

这正月初一、初二是规定动作，那初三及以后就是自选动作了。看外公外婆，肯定要去。有老亲的，如舅父姑父姨父，也是要去一趟的。礼物并不在多，有时就是两筒枯饼。但心情是一样的，向长辈问安，与同辈欢聚，给晚辈压岁，成为这个时节最时髦的事儿。平日里都忙着，这几天算是有时间了，聚拢来谈上几个时辰，将彼此的情感延长。这些年，朋友间的往来多了，似乎将亲戚间的走动淡化了，这不是一个好的方向。每年的正月初三或初四，我总会去我的舅家看看；那里，曾经是我儿时的乐园。

等到初五初六时，年味就慢慢冲淡了。有时有舞狮子的或划彩龙船的经过，讨一包烟钱。亲戚朋友少的，已经开始下地干活了；村人们勤劳的本色总是不会变的。兄弟姐妹多的，还在忙着走东访西。我们家只有三兄弟没有姐妹，母亲也常常将家中的菜留着一些，预备着我姑父家舅父家的几个表兄来访。这时，外出打工的早就走了，上班的也上班了，上学的也准备着要上学了。偶尔，从哪一家会传出麻将声或者骰子声，这是有人在打麻将，让人感觉年的一些其他气息。

正月初九，俗称"上九日"。这一天的清晨照样鞭炮轰响，这是在送年。拜年，以未出上九日为亲厚，过上九则为拜迟年。这天传说是玉皇大帝的生日，母亲和村里的婶子婆婆们昨天就约定好，今天得去最大的万佛寺敬菩萨。不能坐车，得走去。那些年迈的婆婆，一个来回，一走就是一整天。这是一种虔诚，也是一种锻炼身体的最好方式吧。

初九之后，人们似乎要忘记了年。但"年小月半大"，正月十五总是要庆祝庆祝的。正月十五元宵节是一年中第一个月圆之夜，也是一元复始、大地回春的夜晚。人们对此加以庆祝，也是庆贺新春的延续。元宵节又被称为"上元节"。按中国民间的传统，在这天上皓月高悬的夜晚，人们要点起彩灯万盏，以示庆贺。出门赏月，燃灯放焰，喜猜灯谜，共吃元宵，这些是合家团聚同庆佳节最好的节目。封建社会里，这一天是君王微服出巡、与民同乐的最佳时机，也是青年男女的美妙的情人节。有一首作者常常有争议的《元夜》诗就说的是这个情景：

　　去年元夜时，花市灯如昼。月上柳梢头，人约黄昏后。

　　今年元夜时，月与灯依旧。不见去年人，泪湿春衫袖！

正月十五元宵节，很多的地方吃元宵，但江汉平原吃"团子"，有着全家团圆之意。团子这种食品，是江汉平原的特产。团子的做法，先将大米浸泡几个时辰，然后碾成粉。粉的粗细要适中，太粗则口感粗糙，太细则没有筋道。再将米粉放锅里炒成半熟，用水和成半干不湿的泥土状态。接着捏团子，将半干不湿的米粉捏成窝形，放进早已做成的"团子"辅料（可以是海带豆腐之类的卤菜，可以是炒熟的新鲜肉丝，也可以是纯素的榨菜，由个人喜好来决定）。最后将这个团子搓成圆球形状，放进蒸笼里去蒸。也可以不用辅料，直接做成石碌样，叫它"石碌团子"，但这样的团子没有味道，不大好吃。不到一个时辰，团子就熟了，一家人围坐在桌边，一人挑上最满意的一个，笑呵呵地，吃出自己想要的圆圆满满。晚上，天上一轮满，还是忘不了去给逝去的亲人送盏灯。这一晚也会舞龙，但场景没有除夕的热闹，从村头到村尾，要不了一个时辰。然后，一把火点燃，将龙头给烧掉，明年再做一个更雄壮的龙头来。如今，好多的青壮年都外出了，不单是元宵夜的舞龙要消失，就是除夕的舞龙也少见了。零星的有些舞龙的队伍，大多是为赚取彩头而来，我跟着看了几次，没有多大趣味。有一回元宵节时地方政府做了一次灯会，为政绩而设，耗资巨大，百姓们也没有什么幸福的感觉。

现在过年，少了许多的趣味。那熬麦芽糖、打豆腐、起油货炸饺子的事儿只能留存在脑海了。母亲有时候想再做做，我们

阻止了，一则母亲年岁大了，二则这些吃食满街都是。城里到处有不许放鞭炮的法令。除夕的黄昏，同无数个平淡的冬日黄昏一样，凄冷的夕阳在大楼后面，仿如盗走人类文明辉光的小偷。拜年的活动每年都有，但大多是参加单位的或同学会的团拜会。有些人将家庭团年宴也搬到了酒店，这肯定不是真正意义上的团年宴了吧。那些舞龙舞狮划彩龙船的人很少见到了。家里的两个弟弟，常年在外打工，难得买到火车票，年底时坐了高价汽车也急匆匆地往家里赶，不到正月初十，他们又要带着他们的妻儿外出。村子里最会舞龙的华伯成了华爷爷，步履蹒跚。会喷火的吕伯也老了，天天带着自家的孙儿。对联常有，大多是我写的，对联中嵌上了家里小孩子的名字，读得有些趣味。这算是过年给我的少有的念想吧。

过年，有些年味才好啊。

游白帝城

　　船随着翻滚的江水顺流而下，迎着初升的太阳，穿过瞿塘峡的门，白帝城隐隐可见。"峰与天相接"，缕缕烟雾，朵朵云彩，或青或白，成团如带，萦绕着白帝城，这不由得使人想起李白《早发白帝城》中的名句："朝辞白帝彩云间……"

　　白帝城，位于瞿塘峡口的北岸，三面环水，地势险要，是历代兵家必争之地，驰名中外。它的名称的由来，与公元 25 年前后当时据蜀称王的公孙述有关。传说城内有一口井，叫白帝井，常有白气腾空，形似飞龙。公孙述认为"白帝献瑞"，遂称"白

帝"，故此命名"白帝城"。

上了岸，我们先来到杜甫西阁，那一幅大砖型瓷砖"杜甫吟啸图"真是惟妙惟肖：杜甫微皱眉头，手握笔、纸，悠闲自在，一首诗仿佛"妙手偶得之"。

拾级而上，踏着用诸葛亮当年八阵图上的沙石垒成的"之"字形石阶，终于到达白帝庙门前了。放眼望去，时而"舟从地窟行"，时而"孤帆远影碧空尽，唯见长江天际流"，别有一番情趣。

不敢过多地留恋长江此时的美景，赶快进入白帝庙。"是托孤堂！"我惊喜起来，小时候我听过"白帝托孤"的故事，这次终于能看到托孤时的情景了。这组塑像群共19人，各具神态。诸葛亮这蜀国丞相，似乎并没有显出悲伤的神色，虽然"受任于败军之际，奉命于危难之间"，但还是满怀信心。"五虎将"之一

的常山赵子龙手握剑柄，怒视尚书李严，仿佛已觉察李严在刘备死后反叛的动机。刘理、刘永两个皇子跪在地上，俯首聆听刘备的遗诏："尔等以父事丞相，不得怠慢。"我看着这满脸病容的刘备，油然想起当年的历史背景：关羽大意失荆州，刘备报仇心切，打乱了诸葛亮"联吴抗魏"的策略，被东吴陆逊利用三峡天险火烧连营七百里，败走白帝城，忧急成疾，从成都召回诸葛亮，把年幼的儿子托付给了他……

到了明良殿，中堂是刘备、诸葛亮、关羽和张飞的塑像。刘关张三人桃园结义，"不求同年同月同日生，但求同年同月同日死"。刘备三顾茅庐，请出诸葛亮，诸葛亮辅佐刘备二十七年，刘备"举国托孤于诸葛亮，而心神无贰，诚君臣之至公，古今之盛轨也"，这真是"三顾频烦天下计，一番晤对古今情"啊！两厢为古画陈列室，有蜀国文武大将画像，还有富有特色的"煮酒论英雄""三英战吕布"等名画。

来到纪念诸葛亮的武侯祠。上首是诸葛亮安详而坐，这位羽扇纶巾的老先生，似乎还想着"空城计"；下首是他的儿孙诸葛尚、诸葛瞻。一家三代，为蜀国尽心尽力，鞠躬尽瘁，死而后已，真令人敬仰！

怀着崇敬的心情，又看了东西碑林，而后在诸葛亮观星亭小憩。

面对这山川秀丽的白帝城，那公孙述称王、刘备复汉惨败而托孤的一幕情景又闪现脑际。我想，他们当年称霸一方已成为陈迹，而现在，白帝城不就是一座"警钟"吗？它警劝人们：要国家富强，就要加强民族关系的融合和全国人民的团结！

哦！让我们记住白帝城！

十四桥

　　这一年，江苏巡抚陈文恭将原驻吴县用直镇的巡检司署移驻周庄。巡检使李文安刚上任不到三个月，周庄就出了些怪事。

　　据巡逻的兵丁讲，只要是有月亮的晚上，就会有个穿着白衣的鬼在周庄出没。不少人看过那白衣的鬼，蹦蹦跳跳地，跑得很快，从一座桥一会儿就跳到了另一座桥，像飞一样。上个月的农历十五夜，李文安路过永安桥一带，他就亲眼见过那穿着白衣的鬼。李文安立即派了兵丁去追，那鬼没追着，10多个兵丁全掉进了河里。故事越传越玄，周庄的百姓众说纷纭。有人说，那鬼是个好鬼，是沈万山先生的魂魄，保佑着周庄的平安。有人又说，那根本就不是个鬼，是个侠客，对周庄的地形太熟悉了，是专门来劫富济贫的。

　　这些天，巡检使李文安正想着在月夜部署兵丁围剿那白衣的鬼，揭开那白衣鬼的真面目。

　　却又出了件怪事。

　　最繁华热闹的大街上，来了位爷，自称姓龙，戴着小黄帽，穿着黄色衣袍，手拿一把折扇，气宇轩昂。身边跟着个仆人，50多岁的样子。两人谈笑风生，一路走着，对着满街琳琅满目的商品指点着。两人很是悠闲，见着茶楼就喝茶，遇着酒馆就饮酒。

看到喜爱的玩意儿，也只是拿着瞧瞧，并不出钱纳入囊中。日头偏西时，闹市里常年收取小商户保护费的地痞王二狗，正在老字号李记帽子铺闹事。围观的人不敢近身，不想，龙爷出手了，两下拳脚，将王二狗打翻在地。王二狗的打手张大个冲了上来，惯用的连环腿刚撒开，让一旁的壮士一脚给钩倒了。

那壮士是巡检使李文安身边的贴身侍卫陈武。李文安得到属下们的报告，知道这个龙爷不凡。来到周庄的都是客，他做巡检使的，可不能让外地客商在周庄吃了亏，再说，也不能坏了周庄这块响亮的牌子。

白衣鬼成了李文安的心头病，他拿定主意，今晚又是圆月，一定捉拿这白衣鬼。

那龙爷主仆二人，兴致勃勃地走上了世德桥和永安桥，观

赏着桥下来往的船只，欣赏着周庄水乡的美景，不停地点头微笑着。李文安也不敢带过多的随从，只是远远地看着龙爷。当然，他暗地里给龙爷加了10多位保镖，凭他20多年官场的经验，这个龙爷不平凡。傍晚时，龙爷住进了远离闹市区的平安客栈。

这让李文安更加担心了。因为，这个平安客栈不平安啊，那白衣鬼，不是从平安客栈出现，就是在平安客栈消失。要是今晚这白衣鬼在平安客栈出现，万一是个刺客，刺杀了龙爷，说不定会出大事，那李文安如何向江苏巡抚陈文恭交代呢。

越是担心，就越是出鬼。月亮刚刚升起，那白衣鬼又出现了。在周庄的桥与桥之间跳跃着，像飞一样，远远看去，就像是疾飞的天鹅。李文安部署的兵丁奋力追赶着，可是，和往常一样，兵丁们纷纷落入了水中，白衣鬼进了平安客栈。

李文安正欲传唤平安客栈老板刘一，刘一却从平安客栈里走了出来，高声叫道："传巡检使李文安！"李文安一惊，但是，他立刻明白了八九分。贴身侍卫陈武小声道："老爷，那龙爷莫

不就是当今圣上乾隆爷？"进到平安客栈的会客厅，龙爷上座坐着，下头跪着一白衣人。龙爷正对着白衣人发话："你就是周庄人传说的白衣鬼？"

白衣人全无惧色："是的，皇上。但我不是鬼，我是人，是等着皇上的人。"李文安忙跪下，转头一看，原来白衣人是个女子。

"你是何人？你怎知朕是皇上？"龙爷问。

"我是周庄沈万山第十九代后人，我叫沈青。我沈家家丁白天在闹市就看出了皇上，我们就琢磨着见见皇上。"女子说。

"为何要见朕？"

"此事，是洪武皇帝下到沈家之密旨引发，我想，亦当由身处皇位之人来解决。"女子不慌不忙地说道。

"细细说来，为何要装神弄鬼，在那些桥上蹦来跳去？"龙爷又问。

"我没有装神弄鬼。先祖沈万山临死之前有言，其客死他乡，心有不甘，魂魄须归周庄故里。然魂归故里有条件，须遵洪武皇帝所传先祖沈万山密旨，旨中言须由沈家后人一女子，能在月圆之夜于一炷香工夫之内走完周庄所有石桥，即是其魂魄归乡之时。我沈家从先祖万山到如今十几代，每代皆从女子中选强壮者来完成圣旨所托之事，但均未能成。现在这重任传到了我手中，我身为沈家后人，当做成此事。这几月来，我加紧练习，不想成了周庄人们眼中之鬼。"

"为何要从后人中找一女子完成此重任？"

"为父辈分忧者，当女子也。"白衣女一字一顿。

"了不起也！你能于一炷香工夫之内走完周庄所有石桥？"

175

龙爷又问。

"当然还不行，还得加紧练习。周庄现有石桥 42 座，我如飞一般，也得三炷香工夫。"

龙爷摇了摇手中的折扇，说道："李文安何在？"

李文安慌忙叩首："臣在。"

"汝之百姓有难，设法助之。"龙爷发话。

第二日，李文安召集大批河工，研究周庄石桥规划与布局。当道而布局合理的石桥，尽力修缮；不规范又年久失修的石桥，一律拆除。10 天后，李文安盘点石桥，细细数了数，还剩下 14 座桥。

又一个月圆之夜，沈青又穿上了白衣，点燃一炷香，在巡检使李文安的注视下，像只白鹤，飞越了 14 座石桥。这个夜晚，沈家灯火通明，举行了盛大的祭奠仪式，迎接先祖沈万山魂魄归家。

后来，有人去过皇宫，看到过一个宠妃，眉清目秀，嘴角有颗痣，像极了沈家小女沈青。

竹　韵

    竹之韵，白居易谓之"本固、性直、心空、节贞"。古之君子多敬竹崇竹，寓情于竹，引竹自况。阮籍、嵇康等"竹林七贤"为之始，赵孟頫、郑板桥诸贤步其后。其余闻有好竹即远涉造访者，种竹十顷栖居其中者，对竹啸吟终日不休者，不可胜数。

    "露华生笋径，苔色拂霜根"，谓境之艰难；"独坐幽篁里，弹琴复长啸"，乃生之浪漫。"新竹高于旧竹枝，全凭老干为扶

持"，是一种推陈出新；"昭苏万物春风里，更有笋尖出土忙"，是一种美好憧憬。"千磨万击还坚劲，任尔东西南北风"，乃竹品之精髓；至于竹简中的渊博，垂钓时的惬意，笛声里的悠扬，则谓竹之广博用途也。

《礼记》曰："其在人也，如竹箭之有筠也。"竹园于此，吾等当习其德：清丽俊逸，虚心有节，不畏霜雪，高拔凌云。唯其如此，方不汗颜为一中人也。

山水之乐

　　轻轻地，柔柔地，从岁月的隧道流过，水，你正如一支幽远的古曲；淡淡地，悄悄地，从沉寂的心头掠过，山，你正如一声如雷的钟磬。因为找寻，你升腾为一片四处漂泊的云；因为守候，你凝结成一滴清晨沉睡的露；因为坚持，你消瘦成飞瀑下的一线涧水。

　　山水之乐！

　　"黄河之水天上来，奔流到海不复回"说的是你们吗？一片汪洋，望之不尽，不似天空遥不可及，不似险峰高不可攀。每天，只是匆匆，匆匆地向前飞奔。面对着这种博大与从容，人不能不暗叹自己的微不足道。还能有什么言语呢？唯有敬畏而已。在这里，黄河以一个强者而不强弱的姿态告诉我：真正的胜利者，不

是站在台前指指点点的人，不是自以为是、不可一世的人，而是面对世间的纷繁勇往直前、永不退缩的人。

"飞流直下三千尺，疑是银河落九天"说的是你们吗？百米之外，即闻水声如雷。近看，即见水滴千万奔腾而下，激起银浪无数。一阵风过，身边便如细雨纷飞，使人不免生疑：莫非来自天边？一路所见，尽是奇观异彩，唯她，洁白晶莹，不染纤尘，一改先前所见柔媚之美。与彩霞携手，借高山深涧，只为一展水之力量，水之玄妙。这时，瀑布的声音告诉我：只要有心，柔弱亦可化为刚强；只要有志，平凡亦可化为奇迹。

"乱石穿空，惊涛拍岸，卷起千堆雪"说的是你们吗？水能载舟，亦能覆舟。这话真是道尽了自然界物质的水和社会中平头百姓的特质。善待自然，善待百姓，真是同一个道理。逼急了百

姓会起来造反，自然逼急了也会反抗的，这些年来，世界各地的海啸、地震以及天气变暖而引发的水灾，还少吗？你，让我懂得了什么叫作气势磅礴！

"随风潜入夜，润物细无声"说的是你们吗？我的家乡属古云梦泽，南面浩浩荡荡的长江穿境而过，北面东荆河缓缓流淌，境内湖泊众多，河港密布。一部家乡的历史，应该就是一部与水共存的历史。东荆河水，莫不是我梦中的沧浪之水？沧浪之水清兮，可以濯吾缨；沧浪之水浊兮，可以濯吾足。家乡的河滩，满目皆水，到处都是水流的印迹。细细的、柔柔的印痕，细细的、柔柔的脚步。这纤细的脚印，和坚硬的山石一道，成为我们记忆中一道永远的风景。

水之形，无处不在；山之魂，亦无处不在。世间山水，总是含蓄而不怯懦、雄劲而不张扬地向我们诉说着生命的坚强。高峻挺拔，巍然屹立，在一成不变与瞬息万变中诠释永恒；翩然起舞，日行千里，在千回百转之际笑看万物之僵行拙步。坚毅与力量，永远是你们的主题曲！

拥有一座城市

下班了，你开着心爱的小车，或者骑着自己掉漆了的自行车，行走在这座城市的马路上，你是不是有过这样的感觉：这座城市是我的，我拥有这座城市。

小车里或者自行车后座上也许还有你爱的人，你的恋人，你的父母，或者是你的刚刚出生的小宝贝，你的车啊，就要慢慢地走。看一看身边的爱人，望一望远处的蓝天，想一想家中的晚餐，就一定会有这样的一种思绪：我拥有一座城市。

你我都不是这座城市的市长，市长他相对你我百姓来说是有着特殊权力的。他可以在这儿建一个公园，那儿开一个游乐场，在他的家门口开一个保龄球俱乐部，还可以在他想购物的地方建一个大的商厦。但是，在我们认为，他只是一个勤劳的

建造者；你和我呢，才是真正的主人。因为你不必操心到哪里建和怎样建的问题，你更不用召开这样或者那样的会议，你的任务只是拥有，拥有之后再享受。你可以自由地选择，到东城游乐场去玩耍还是到西边小摊去吃夜宵，是去看电影还是去蒸桑拿，是喝啤酒还是喝老白干，一切由你做主。

当然，你是属于这座城市的。你可以是这座城的老主人，也可以是刚刚来到的打工者，只要你融入这座城，只要在这座城流下了你的汗水，你就是这座城当然的主人。即便是一个流浪汉朋友，一觉醒来，空气清新，他也会觉得这座城市是多么的美好。

这座城里有你的爱人和爱你的人，他们是你在这座城里最留恋的风景。上学时的轻轻道别，下班时的轻轻一拥，递上的一杯淡茶，晾晒的一件衬衫，都会在我们心里回味无穷。这座城里也有你的朋友，他们是你在这座城里最自然的风光。有人做过统计，说当你由任意一个陌生人开始寻找，找他的各种关系，你最多找到第 50 个（当然有可能就是第 2 个）时，那第 50 个人一定是你的朋友。你想，你在这座城的分量还轻吗？你也可以在心里估量估量，你是朋友们任意一个陌生人中的第几个呢？

拥有一座城，这座城承载着你的喜怒哀乐，凝聚着你奋斗的血泪汗水，饱含着你不灭的希望！

拥有一座城，你属于这个城市，这个城市也是属于你的。

最美风景在路上

　　一个朋友就要退休了，他很有些沮丧，说："你看你看，我都快退休了，还总觉得自己一事无成，什么事也没做。"

　　"那你有哪些事没做呢？"我问。

　　"我退休了，职务也只是个小科长，手中的积蓄也不过几十万元，儿子大学毕业了前年才找到一份工作，还有，在家中，和老婆总会时不时地吵上几句……"他一下子蹦出了这么多的话语。

我笑了笑，说："我其实也和你差不多的。但是，我觉得，最美的风景在路上啊。"

参加工作几十年，你从一个小小的办事员做起，奋斗到科长这个虽不算高的级别，但你肯定是有自己的付出的。在这个过程中，你学会了待人处世，个人工作能力也得到了提升。你的工作经验，也在这个过程中慢慢积累。

你参加工作时第一个月的工资只有22元，这几十年来，你懂得省吃俭用，你知道怎样花钱，才有了这几十万元的积蓄。这几十万元，对于富豪们来说，确实不算钱。但对于我们每一个真实地生活着的草根族来说，这是自己心血的凝聚！回想起来，你不觉得大几十万元闪耀着光荣吗？

你和老婆有了儿子，你们将儿子从一个牙牙学语的孩子培养成一个大学生，不知道付出了多少艰辛，可就在这艰辛之中，你

们不更是体验到了家庭的幸福，感受到了真正的天伦之乐吗？儿子大学毕业了，能找到一份工作，那更是值得庆幸的事。

夫妻之间也会吵架的，这是再正常不过的事情了。吵架，应该是夫妻关系的润滑剂。也许，在有些争吵之中，夫妻关系更亲密了哩。以后的日子，肯定还会有争吵。这偶尔的争吵，也许就是后来最美的风景呢。

而这小科长、小小的几十万元、才找到工作的儿子、和你时不时吵架的老婆，就是你一路上最美的风景。

在路上行走的姿势是最美的。

只是做一件事，在路上即便经历些曲折，也就有了更美的风景。而人生呢，正如一句广告语所说：人生，就像是一场旅行，不必在乎目的地，在乎的是沿途的风景，以及看风景的心情。而就在这看沿途风景的路上，就是你最美的时光。

最美的风景在路上。

把包放在最上边

　　这一次，我又要外出旅游，行李不少，一共有四个包。我买的是火车卧铺票，挤过硬卧车厢熙熙攘攘的人流，提着大大小小的袋子，好不容易才找到了自己的铺位。这几天正赶上学生放假，而且好像返乡的民工也不少，也难怪火车上是人挤人了。

　　一会儿，我要上卫生间，心想这么多的包，光一个人走到厕所去也是困难的事，还是忍忍吧。但又想这样憋着怎么能行，这

不是长久之策啊，憋出病来可不行的。我看了看我对面铺位上的人，男性，年龄比我大一些吧，我和他两个大男人也不好打招呼的。那么多包，除了手提我可以勉强随身带着，其余的东西我是没有办法的。我想着将其他的包用被子盖着，只将手提带走。我一边用被子盖，一边偷偷看着对面的男人，他也在看着我。我用被子捂好另外三个包，正想迈开脚步。

"你就将包放在最上边吧。"一个声音传来，是对面铺位上的男人。

我看了看他，迟疑了一下，还是将被子掀了掀，算是对他说话的回应。为了尽量减少时间，我尽力向卫生间冲去。穿过人群，迅速解决紧急问题，以最快的速度冲回自己的铺位。我真担心我的那三个包哩。

还好，三个包都安然无恙。

"东西少了没有啊，兄弟？"对面的男人说话了，他一脸的笑意。

"没有没有……"我连忙说，也对他笑了笑。

"兄弟啊，我要是真想拿你的包，别说你用被子盖着，即使你总是带在身边，我也能拿到的。"他又说。

我想了想，这话说得是真有道理。一会儿，他要上卫生间了，他将他的包，还有手提，一并放在他的铺位上，说："兄弟，我得去方便了，你替我照看照看。"

这下我分明感到了一份责任，真做起他的保管员来了。

等到他慢条斯理地回来的时候，我又像真放下了一副重担。我们的话也多了起来，下车的时候，还相互留下了电话号码。

后来我又出过几回差，仍然得带三四个包。我想着要上卫生间或者离开做点其他什么事的时候，我总是对我对面或者上铺的人笑着说："请替我照看下我的三个包。"然后，不慌不忙地去做自己的事。他们有男有女，有老有少，但我一次也没碰过壁，也从没有丢过一点东西。

因为我知道，把包放在最上边，就是将一颗信任的心交给了与自己同行的人。

蝴蝶的季节

像一个个迷幻的精灵，自由地飘飞，忽上忽下，悠闲，自在。一会儿是密密的一团，是球状的奇观；倏忽又成了一对一对，成了年轻情侣们惹眼的风景。

是一个蝴蝶的季节。

成群的蝴蝶确实是一种奇观。我常常惊叹于我所居住的院子蝴蝶之多——有时竟有千只吧，我估计。但我是不能数清的，它们自由地变换着它们的阵势，不等你走近，又集体大逃窜到邻家院子里去了。后来读到一篇关于"蝴蝶泉"的文章，知道那儿的蝴蝶才真叫多了。在点苍山北峰，有一蝴蝶泉，蝴蝶泉内，蝴蝶种类繁多，每年的阳春三月到五月，蝴蝶大的大如巴掌，小的小如蜜蜂，成串悬挂于泉边的合欢树上，五彩缤纷。徐霞客曾在他的游记里这样描述："又有真蝶万千，连须钩足，自树巅倒悬而下，及于泉面，缤纷络绎，五色焕然。"诗人郭沫若曾到过蝴蝶泉，也曾写下"蝴蝶泉头蝴蝶树，蝴蝶飞来万千数，首尾连接数公尺，自树下垂疑花序"的诗句，足见蝴蝶聚会之盛况。我虽没有到过蝴蝶泉，但仅由此，便也可想象蝴蝶泉边的奇观了。

记忆中的蝴蝶有一个凄美的故事。

很小的时候，听瘪着嘴的老奶奶讲梁山伯与祝英台的故事，

从来不吵不闹。听着听着，老奶奶有时竟会掉下几滴泪来。我们什么也没听懂，只知道有两个人，是非常要好的好朋友，变成了一对蝴蝶。后来上小学时跑了10多里土路去看《梁山伯与祝英台》的电影，看来看去，却睡着了，醒来时就问大人们："蝴蝶呢，说有蝴蝶的呢？"

大人们便笑起来了："蝴蝶呀，早就飞走了……"

可是两个人又怎么会变成两只蝴蝶的呢？我去问过瘪嘴奶奶，她说她也不知道。我小学快毕业时壮了壮胆子，问我年轻的语文老师，他顿了顿，说："为什么变成两只蝴蝶呀，你长大了就知道了。"以后的日子，我遇见蝴蝶，尤其是成双成对的蝴蝶时，就会躲得远远的，让伙伴们也不去捉它们，说："这是鬼蝴蝶！"读了中学，我知道人是不可能变成蝴蝶的。蝴蝶只是一种再平常不过的小生灵，它怎么可能是人变成的呢？成对的蝴蝶，这是美好爱情的化身，更是人们对幸福生活的憧憬。

蝴蝶，更是一个在诗中栖息的精灵。北宋诗人谢逸，其诗句"狂随柳絮有时见，舞入梨花何处寻"，把蝴蝶的飘逸风姿写得出神入化。谢屡试举不第，却留下了咏蝶诗300多首，留下了一个"谢蝴蝶"的美名。南朝梁简文帝《咏蛱蝶》是现存最早的表现爱情的蝴蝶诗："复此从凤蝶，双双花上飞。寄语相知者，同心终莫违。"诗人借蝴蝶表达对爱情的向往，希望有情人永结同心。自此，爱情也就成了蝴蝶诗词中经久不衰的主题。至于李义山所谓"庄生晓梦迷蝴蝶，望帝春心托杜鹃"，借"庄生梦蝶"描写坎坷人生如虚渺梦境，进而抒发壮志未酬的痛苦之情。"蝴蝶梦中家万里，子规枝上月三更"是一种美之憧憬，"留连戏蝶时时舞，自在娇莺恰恰啼"是一种春之和谐。

诗歌，是蝴蝶温馨的外衣；爱情，成了蝴蝶的灵魂。一首诗里，闯入翩然的蝴蝶，也便多了几分甜蜜。蝴蝶，也总是追随着轻柔的风儿，在写满唐诗宋词的花枝栖息。在我生命的诗词里，我不止一次地找寻着属于我的蝶儿，找到了，常常，我又怎忍惊扰你的清梦呢？我是在感受着化蝶辛酸的美丽——蛹破茧而出的刹那，牵动着心，凝聚着血，凤凰涅槃般威猛，春笋破土样艳丽。

窗外，两只蝴蝶上下翻飞着，嬉戏着。恍惚间，我又分明看到的不只是两只生灵了，而是一对情侣，在我的心头跳跃着，闪动着，飞入了我的梦中……

父亲的爱里有片海

　　我从海边回到"金海岸"小屋的时候，已经是下午 5 点多钟。我是从海边回来的最后一拨人，其实昨天我就可以回来的，要不是为了多拍几张"海韵"图片，回去让我的还没见过海的学生们长长眼，我才不会在这海边多待一会儿呢。从前天开始，广播、电视、报纸等各媒体就发布消息，称大后天将会有台风登陆。昨天就有大半游玩的人返回了市区，今天只剩下小半游人，而且所有剩下的游人都手忙脚乱地在"金海岸"小屋收拾着行李，准备马上离开。

　　"金海岸"小屋是前后左右上下六面都用厚铁皮包成的小

屋子，只在朝海的那面开了个小门。这也许是经历风暴者对小屋的最佳设计吧。小屋里有些简单的生活设施，可以供人们将就用着。这小屋挺有特色，前天我专门为它拍了几张特写照片呢。这小屋离海边最近，到海边游玩的人们常在这儿歇会儿脚。说它最近，其实走到海边也是要一个多小时的。

天，总是阴沉着脸，像要随时发怒似的。要不是"金海岸"的小老板响着一台收音机，这"金海岸"早就没有了一丝活力。要在旅游旺季，"金海岸"屋里屋外人山人海，比繁华的市区也毫不逊色。

"这铁板做成的金海岸也不是金海岸了，大家快收拾东西到市中心，躲进厚实的宾馆里去吧。"那小老板不停地大声叫着。

人们各顾各收拾着东西，少有人说话。我的东西很少，早已收拾停当。忽然，我看见两个人，约莫是父子二人，父亲有40

岁的样子，儿子不过 10 来岁。父子俩一动不动，孩子无力地倚
在大人身边。父亲提着个纸袋子，好像只有条毛巾和一个瓶子。
可是，他们一点也不惊慌，仿佛明天就要到来的台风与他们毫无
关系。

"父子俩吧？"我走过去，搭了搭腔，那父亲模样的人点了
点头，算是回答。

"收拾收拾，我们一起走吧。"我是耐不住寂寞的一个人，
又说。

父子俩没有作声，40 岁的父亲对我笑了笑，却没有回答。我
想他们是对我还有一种戒备心理吧。

"您说，明天真的有台风？"一会儿，倒是那父亲盯着我
问。我重重地点了点头。他的脸上爬上了失望的神色。

还有一个多小时公共汽车才来接我们回市区，人们都拿出
早就准备好的食物来对付早已咕咕叫的肚子。我也拿出了我的食
物，一只全鸡，一袋饼干，两罐啤酒。

"一起吃吧。"我对他们两人说。

"不了，吃过了。"那父亲说着扬了扬他那纸袋子里的瓶子，
是一瓶榨菜，还吃剩一小半。

我开始吃鸡腿，那父亲转过头去看远处的人们，儿子的喉结
却开始不停地蠕动，吞着唾沫。我这才仔细地看看孩子，瘦，瘦
得皮包骨头一样，偎在父亲身旁，远看就像是只猴子。我知道孩
子肯定是饿了，撕过一只鸡腿，递给了孩子。父亲忙转过脸来对
我说了声谢谢。我又递过一只鸡翅给那父亲，父亲这才不好意思
地接在手里。等到儿子吃完了鸡腿，父亲又将鸡翅递给儿子。儿
子没有说话，接过鸡翅往父亲嘴里送。父亲舔了下，算是吃了一

口，儿子这才放心地去吃。

我忙又递给孩子父亲几块饼干，说："吃吧，不吃身体会垮掉的。"父亲这才把饼干放进嘴里，满怀感激地看着我，开口了，又问："您说，明天真的会有台风？""是的呀，前天开始广播、电视和报纸都在说，你不知道？"我说。父亲不再作声了，脸上失望的阴云更浓了。

"你不想返回去了？"我问。

父亲长长地叹了一口气，说："还怎么能回去呀？"他的眼角，有几颗清泪溢出。

"怎么了？"

"孩子最喜欢海，孩子要看海呀。"他拭去了眼角的泪，生怕我看见似的。

"这有什么问题，以后还可以来的。"我安慰说。

"您不知道，"父亲对我说，"这孩子今年 16 岁了，看上去只有 10 岁吧，他就是 10 岁那年检查出来得了白血病的。6 年了，前两年我和他妈妈还可以四处借钱为他化疗，维持孩子的生命。可是，一个乡下人，又有多大的来路呢，该借的地方都借了，再也借不到钱了，只能让孩

子就这样拖着。前年，他妈妈说出去打工挣钱为他治疗，可到现在没有了下落。孩子就这样跟着我，我和他都知道，我们在一起的时日不会很长了。孩子就对我说，爸，我想去看看大海。父子的心是相连的。我感觉，孩子也就在这两天离开我，我卖掉了家里的最后一点东西，凑了点路费，坐火车来到这座城市，又到了这海边小屋子，眼看就能看到海，满足孩子的心愿了，可是，可是……"父亲哭了起来，低沉的声音。

"不管怎么样，还是先返回去再说吧。"我劝道。

"不，我一定要让孩子看到海。"父亲坚定地说。

接游客的汽车来了，游人们争着上了汽车。我忙着去拉父子俩。父亲口里连声说着"谢谢"，却紧紧搂着儿子，一动不动。但是我不得不走。我递给那父亲300元钱后，在汽车开动的刹那我也上了汽车。因为我想也许还有一班车，他们还能坐那班车返回。到了市区，我问起司机，司机说这就是最后一班车了。我后

悔起来，真该强迫父子俩上车返回的。但又想起父亲脸上的神情，我想那也是徒劳。给了300元钱，似乎心安理得了些，但那300元钱对于他们又有什么用呢？

当晚，我在宾馆的房间里坐卧不安，看着电视，我唯有祈祷：明天的风暴迟些来吧。

然而，灾害总是无情的。第二天，风暴如期而至，听着房间外呼啸的风声，夹杂着树木的倒地声。我心里冷得厉害，总是惦着那父子俩。台风过后，我要回到我的小城去上班了。回城之前，我查询到了"金海岸"小屋的电话号码，我想知道那父子俩到底怎么样了。到下午的时候，电话才接通，"金海岸"的小老板还记得我。我问起那父子俩，小老板说："我也是刚回到小屋，那父亲我前一会儿还看见了的。"我的心放松了些。他又说："听那父亲说，风暴来的当天，父子俩还是去了海边，幸好及时地返回了我的金海岸小屋。我的天哪，这次的海水若再暴涨一点，淹没我的小屋，那他还有命吗？就在台风来的时候，那瘦瘦的孩子永远地闭上了眼睛，躺在父亲的怀里，脸上漾着幸福的笑容……"

我拿着电话，怔怔地站着。窗外，云淡天高，暴风雨洗礼之后的天空竟是如此的美丽！

后　记

你是此生最美的风景

　　旅行家是个真正的旅行家，游遍了各旅游胜地的山山水水，见惯了各旅游胜地的民风民俗。他曾用双手捧起喜马拉雅山的雪，他曾用双脚丈量过东岳泰山的高度，他的肌肤亲吻过海角天涯的海水，他的双眼眺望过长城上空的雄鹰。他还有过几次出境旅游。

　　"我要寻找我此生最美的风景。"旅行家常常说。

　　旅行家50多岁了。常有人向他问起他心中最美丽的旅游胜地，他总是摇头，总是叹气。

　　"我送你一首歌吧。"有朋友说。这首歌就叫《你是此生最美的风景》：你是此生最美的风景，让我心碎却如此着迷，就算世界动荡，再绝望也有微笑的勇气……

　　摇头和叹气没能阻挡旅行家前行的脚步，唱着《你是此生最美的风景》，他又上路了。

　　他来到了一个小山村，满脸的惊喜。小山村卧在两座山之间，像一个婴孩睡在温暖的摇篮中。

　　有山泉从山上流了下来，叮咚地响。泉水清澈见底，有大大小小的游鱼自由自在地摇着尾巴。旅行家卷起裤脚，将脚伸进泉水之中，轻松地摆动着。这是他从来没有见过的清泉，他又躬下身来，用双手掬起一捧泉水，喝进口中，一股甘甜顿时沁进了心底。

真是一个胜地。旅行家在心里惊喜。

这是我此生最美丽的风景了。旅行家在心里说。

泉水边有棵树，不知名的果树，长着不知名的果子。旅行家是不想摘果子吃的，他知道这果子是有主人的。但是，阵阵香味飘来，他禁不住诱惑。像个猴儿一般，他蹿上了果树。将一颗果子送进了嘴里。这果，旅行家怀疑真是王母娘娘的蟠桃了。一个老头立在树下，笑呵呵地望着他："吃吧，尽情地吃吧，想吃多少就吃多少。"旅行家接过话说："老伯，我会付给你钱的。"老人只是笑。

又有男男女女走了过来，对着他笑。旅行家见了，也只是笑着。有只黑狗跑前跑后，对着旅行家拼命摇尾巴。

这真是个胜地，旅行家连声赞叹。

有三三两两的房屋若隐若现。旅行家走近一家房屋。屋子是老式屋子，屋顶盖着布瓦，只有一面围墙，另三面都是用木板围着。旅行家更加来了兴趣。他觉得这屋后应该有一架水车的。他转到了屋子后边，果然有一架水车。可能年久失修，水车已经不能使用了。

要是有人给这旅游胜地做做广告，一定会游人如织的。旅行家想。

他又迅速走进了屋子。

屋子里的陈设简陋，但很整洁。一张照片，赫然放大着挂在墙壁上。照片上的孩子咧着嘴，哈哈笑着，旅行家觉得有些熟悉。有个老太婆从里屋走了出来，他又觉得似曾相识。

"这照片上是谁啊？"旅行家问老太婆。老太婆笑了笑，说："孩子，你再看看。"

旅行家就又看了看照片，说："很有些像我小时候哩。"他又仔细看了看老太婆，"咚"地跪在了地上："娘！"

老屋，黑狗，水车，果树，清泉，还有最亲爱的爹娘，电影一样在旅行家的脑海里放映。

泪，淌满了旅行家的脸。

旅行家再没有离开村子半步。因为他知道，走过千山万水，真正的胜地就是自己的家。

他在心里，又唱起了那首歌：你是此生最美的风景，让我心碎却如此着迷，就算世界动荡，再绝望也有微笑的勇气……